JN102627

クラスメイトの元アイドルが、とにかく挙動不審なんです。③

著：こりんさん
イラスト：kr木

GCN文庫

クラスメイトの元アイドルが、とにかく挙動不審なんです。 3

My classmate
SHION SAEGUSA was idol,
but she is unsure of
behavior in front of me.

CONTENTS

プロローグ

俺、一条卓也《いちじょうたくや》を一言で言うなら、これと言って特徴のない、どこにでもいるような普通の高校生だ。

それは自分が一番よく分かっていることだし、仮に他人からそう言われたとしても、その通りだと答えるだろう。

けれども、俺は普通であっても、周囲の人々は普通ではない。

まずは、幼少の頃からの大の仲良しである山本孝之《やまもとたかゆき》。

孝之を一言で言い表すなら、ナイスガイだ。

長身で、同性から見ても整った顔立ち、そして何より気さくで明るいその性格で、自然と人を引き付ける人気者。それが孝之だ。

そんな孝之には、一学期が終わる頃に彼女ができた。

彼女の名前は、清水桜子《しみずさくらこ》。

清水さんと言えば、中学時代は『孤高のお姫様』なんて異名で呼ばれていたほどの美少女だ。

でも最初は、引っ込み思案というか、あまり対人関係が得意ではない印象だった。

それでも孝之と付き合っているうちに、周囲に対して心を開くように変わっていったというか、今ではよく笑うみんな憧れの明るい美少女という印象に変わっている。

それは孝之も同じで、付き合ってからの二人はいつも幸せそうにしている。

だからこそ、孝之と清水さんの二人が付き合えたことは、俺としても本当に良かったと思っていたりする。

そして最後に、俺に一番大きな影響を与えてくれている存在。

それは、元国民的アイドルだけれど、何故か同じ高校の同じ教室にいて、そして今では俺の彼女である『しーちゃん』こと三枝《さえぐさ》紫音《しおん》。

俺はこの夏休み、しーちゃんとともに本当に色々と楽しむことができている。

一緒に公園やプールへ遊びに出かけたり、この間は遊園地で孝之達とグループデートをすることだってできた。

そしてその遊園地で、俺はしーちゃんに勇気を出して告白をした結果、オーケーの返事を貰えた。

こうして俺としーちゃんは、無事に付き合うこととなった。

まだ実際に付き合うことができたのだという実感は湧いてこないが、スマホを見れば二人で撮った、付き合った記念の待ち受け画像。

それこそが、俺としーちゃんが付き合っているのだという目に見える証だ。

まぁそんなわけで、こうして思い返してみても、色々あり過ぎたこの夏休みもまだ折り返し地点。

しーちゃんとは、まだまだ一緒にやりたいことだらけだし、それにもうじき約束の花火大会も控えている。

だからこそ、無事に付き合えたことに甘んじるのではなく、むしろこれからが本番なのだという意識をもって、引き続きしーちゃんに相応《ふさわ》しい男になれるように頑張るつもりだ。

自他ともに認める普通の高校生だとしても、ただ一人しーちゃんにとって、特別な存在でいられるように——。

そんなことを考えながら、俺は今日もバイトへと向かうのであった。

◇

いつものコンビニのレジに立ち、そしていつものレジ打ちのバイトをこなす。

もうすっかりバイトにも慣れたもので、今日も俺は一人でお店を任されている。

ピロリロリーン。


店内に、聞きなれたメロディーが流れる。

俺はいつものように「いらっしゃいませ～」と声をかけながら、入店してきたお客様の姿を確認する。

するとそこには、今日も今日とてしーちゃんの姿があった。

しかし、それはしーちゃんだけれど、しーちゃんではなかった。

何故なら、キャスケットを被り、それから縁の太い伊達《だて》メガネにマスクをした、いつもの不審者スタイルではないからだ。

代わりにそこには、不審者アイテムの一切を身に付けず、普通にお洒落《しゃれ》をして、薄っすらとお化粧まで施している、元国民的アイドルで完璧美少女のしーちゃんの姿があった。

「え!?　しーちゃん!?」

驚いた俺は、思わずそんな声を上げてしまう。

「あ、たっくん発見！　やっほー、会いたくなって来ちゃった！」

驚く俺に満足するように、しーちゃんはそう言って悪戯《いたずら》な笑みを浮かべながら、その細くて綺麗な手をひらひらとこちらへ振ってくる。

たしかに、今日はＬｉｍｅでバイトがあることは伝えていた。

だから何となく、今日もしーちゃんはコンビニへとやってくるような気はしていたのだが、まさかいつもの不審者スタイルではなく、こんな完璧な姿でコンビニへ現れるなんて思っていなかったため、その姿に素直に驚いてしまう。


――こんな美少女が、俺の彼女なんだよ……な。


この国でトップアイドルの座まで上《のぼ》り詰《つ》めた、同世代の男子ならば誰もが一度は憧れたことのあるであろう特別な美少女。

そんな美少女が、今ではこうしてバイト先のコンビニまでわざわざ足を運んでくれる、自分の彼女だなんてやっぱりちょっと実感が湧いてこない。

「あはは、こうしてバイト中を見られるのは、ちょっと恥ずかしいね」

「そう？　いつだって、たっくんはカッコいいと思うよ？」

恥ずかしがる俺に、前のめりでカッコいいよと言ってくれるしーちゃん。

そんな言葉も照れくさくて、嬉しくて、バイト中だというのに幸せな気持ちが溢れてきてしまう。

「じゃ、お買い物してくるからまたあとでねっ！」

買い物カゴを手にしたしーちゃんは、そう言って小さく手を振りつつ、いつも通りまずは雑誌コーナーへと向かった。

今日のしーちゃんは、不審者ではなく普通の美少女。

だから、雑誌コーナーで女性誌を立ち読みするその姿も普通で、時折こちらに顔を向けては幸せそうに微笑《ほほえ》んでくれる。

大好きな彼女が、こうして同じ空間にいてくれるだけで、安心感というか、幸せな気持ちが湧き上がってくる。

それから雑誌を読み終えたしーちゃんは、次に店内を軽く物色し、買い物カゴに飲み物を二つだけ入れてレジへとやってきた。

レジ台にカゴを置いて、「お願いします！」とニッコリ微笑むしーちゃん。

だから俺も、そんなしーちゃんに微笑み返しながら、「承知いたしました！」とちょっとふざけつつも手際よく集計を済ませる。

「えーっと、以上で二百五十八円になります」

「じゃあ……」

不審者スタイルでないしーちゃんは、完全にいつものしーちゃん。

だから当然、もうここでの挙動不審な行動なんて一切見せない。

それは嬉しいことなのだが、正直に言えば少し寂しいことでもあった。

三枝さんウォッチングの結果、いつも予想できない挙動不審をかましてくれるしーちゃんは、俺のバイト中の唯一の楽しみだったから――。

まぁそれでも、俺達がこれから付き合っていくということに対して、これはしーちゃんにとってもポジティブな変化なのだから、喜ばしいことなのである。

だからこそ、もう普通にこのコンビニへ来られるようになった今のしーちゃんは、手にした財布の小銭入れのファスナーをジジジッと開くと、そこから小銭を取り出す――かと思いきや、またジジジッとファスナーを閉じてしまう。

――あれ？　小銭あったように見えたけど？

どうしたんだろう？　と思っていると、しーちゃんは少し探るようにこっちを見ながら、すっと隣のお札入れから千円札を取り差し出してくる。

「……これで」

「あ、うん」

小銭はあるけど、千円札……。

そこは譲れないんだねと思いながら、俺はその千円札を受け取り精算すると、小銭とレシートを一緒に差し出す。

するとしーちゃんは、そのお釣りを渡す俺の手を両手で包みながら、大切そうにお釣りを受け取るのであった。

そして――、

「……たっくん、バイト頑張ってね！」

しーちゃんは俺の手を両手でぎゅっと握ったまま、少し頬を赤らめながら労《ねぎら》いの言葉をくれるのであった。

「うん、ありがとう頑張るよ」

「じゃ、じゃあ！　また来ます！」

嬉しそうに微笑んだしーちゃんは、俺の手を握ったままなことに気が付くと、慌ててお釣りを受け取り財布へとしまう。

そして恥ずかしかったのか、手を振りながら足早にコンビニから去って行ってしまったのであった。

残された俺は、未だに残るしーちゃんの手の感触を思い出しながら、じっと自分の手を見つめる。

なんて言うか、これじゃまるでアイドルの握手会だよな……なんて思ったら、なんだか途端におかしくなってきてしまい、一人で吹き出してしまう。

いやいや、完全に立場が逆でしょと、付き合ってもやっぱり挙動不審は健在なしーちゃんなのであった。

第一章　花火大会

早いもので、気が付けば既に八月も折り返し。

長いようで、あっという間に過ぎ去っていく高校生になって初の夏休み。

でもそれは、それだけ今年の夏休みが濃密だったからに違いないだろう。

何故かなんて、言うまでもない。

それはいつも自分の傍に、しーちゃんがいてくれているからに他ならない。

この夏休みのほとんどを、しーちゃんとともに過ごすことができた。

そして何より、そんなしーちゃんと付き合うことだってできたのだ。

俺達は付き合ってからというもの、色々と遊びに出掛けた。

また一緒に思い出の公園へ行き、近くの駄菓子屋で一緒にアイスを食べた。

あとは、一緒に映画を観にも行ったし、孝之達も交えて近くを流れる川の上流へ遊びに行ったりもした。

それから、以前しーちゃんに紹介され、この夏イメチェンの手助けもしてくれた、服屋を経営するファッションコーディネーターのケンちゃんのところにも、俺達が付き合うことになった報告をしに行ったりもした。

ケンちゃんはそれほど驚くことなく、どこかほっとするように微笑みながら、おめでとうと祝福してくれた。

きっとケンちゃんはもう、俺達が付き合うことは分かっていたのだろう。

そんなわけでこの夏、俺達は思い付く限りの遊びを一緒に楽しんでいる。

あの夏、一緒にできなかったことを沢山楽しむ——その目標を掲げていただけに、それがちゃんと実行できていると実感できることが嬉しかった。


そして今日もこれから、俺はしーちゃんと会う約束をしている。

今日の約束は、俺達にとってとても大切な約束——。

花火大会——。

そう、今日は付き合う前から一緒に行こうと約束をしていた、花火大会当日。

鏡の前で、時間をかけてしっかりと身嗜《みだしな》みを整えた俺は、約束の時間にはまだちょっと早いがじっとしてもいられないため、家を出ていつもの待ち合わせ場所でしーちゃんを待つことにした。

事前の連絡で、今日しーちゃんは浴衣《ゆかた》で来てくれるそうだ。

どんな浴衣かは当日のお楽しみだよと言われているので、一体どんな浴衣で来てくれるのか楽しみにしている。

俺は脳内で、色んな浴衣姿のしーちゃんを想像する。

赤やピンク、黄色に青。どんな浴衣のしーちゃんでも、想像するだけで本当にどれも可《か》愛《わい》いに違いない。

だからあとは、実際にどんな浴衣で来てくれるのかを楽しみにしつつ、俺は音楽を聴きながらしーちゃんが来るのを待つことにした。

それから二十分ちょっと経っただろうか。突然肩を、ポンと一度叩かれる。

少し驚いて振り向くと、そこには満面の笑みを浮かべるしーちゃんがいた。

「ごめんね、待った?」

後ろで手を組みながら、前屈みに微笑みかけてくるしーちゃん。

今日は赤地に花模様の可愛らしい浴衣を着ており、やっぱり期待を裏切らないどころか、俺の期待を軽く上回ってくるほどの可愛さだった。

髪型はいつものミディアムボブではなく、後ろで髪を結って一つにまとめており、なんだかいつもと雰囲気の違う今日のしーちゃんからは、大人っぽい色気みたいなものまで感じられる。

「ま、待ってないよ」

「たっくん？」

少し戸惑う俺に、しーちゃんは不思議そうに首を傾げる。

その仕草も可愛くて、思わず目を逸らしてしまう――。

「……いや、ごめん。その、ちょっと可愛すぎるっていうか……正直、今めちゃくちゃドキドキしています……」

「あっ……。えへへ、そ、そっか。――でもたっくんだって、今日もカッコいいよ？」

俺が正直に答えると、しーちゃんも照れた様子で俺のことを褒めてくれた。

そんなやり取りは、やっぱりちょっと恥ずかしくて、二人で照れながら笑い合う。

それから俺は、しーちゃんの手を取り歩き出す。

今日は服装を意識してか、しーちゃんはいつもの変装用のサングラスをしていない。

だから俺は、ここでは人通りも多いし目立ってしまうだろうと思い、早速今日一緒に花火を見るポイントまで移動することにした。

こうして、手を取り合いながら隣を歩くしーちゃんは、周囲のことなんて気にする素振りも見せなかった。

今はただ、ずっと俺の方だけを向いて、楽しそうに微笑みかけてくれているのであった。

◇

この町の花火大会は、駅から少々歩いた先にある川沿いで毎年行われる。

しかし、今日俺達はそこへは向かわない。

何故なら、現地は人混みが激しいし、そんなところでしーちゃんの存在がバレてしまったら大ごとになってしまうのは言うまでもないからだ。

正直に言えば、しーちゃんと一緒に屋台巡りなんかもしてみたい。

けれど、今日のところは我慢して、駅前の通りにも数軒並んでいる屋台を回って雰囲気を楽しむことにした。

「わぁ！　わたし、こういう屋台でお買い物するの何時《いつ》ぶりだろう！　嬉しいなぁ」

それでもしーちゃんは、屋台が並んでいる光景に喜んでくれている。

そんな、無邪気に喜ぶしーちゃんを見られるだけで、俺も連れて来られて良かったと自然と笑みが零《こぼ》れてしまう。

「いつか一緒に、花火大会の会場にも行ってみようね」

「うん！　行ってみたい！」

俺の言葉に、嬉しそうに頷くしーちゃん。

いつか、この街ではないどこか遠くのお祭りでもいいから、必ずまたしーちゃんをお祭りに連れて行くことを自分の中で誓った。

それから俺達は、屋台で食べ物を買いつつ住宅街の路地を歩く。

何故住宅街を歩いているのかと言えば、この先に今日の目的地があるからだ。

住宅地を越えた先に見えてくるのは、この街では有名な大きな神社。

高台にあり、見晴らしの良いこの神社は、地元では花火を見るスポットとして実は人気だったりする。

だから今も、花火大会の会場ほどではないが、既に場所取りをする人達の姿がそこここにあった。

だが俺達は、そんな場所取りする人達を全て横切り、更に奥の方まで進んでいく。

そして、木々を少しかき分けながら進んだ先にある、少しだけ日が差している開けた一角へとやってきた。

そこは丁度、周囲の木々が覆いかぶさることもなく、前方にはマンションなどの建物もない見晴らしの良い場所だった。

そう、ここそが今日の目的地。

何の障害物もなく、そして周囲には誰もいない、二人きりで花火を見ることができる隠れスポット。

「わぁ！　懐かしいね！　今日も特等席だ！」

隣には、あの頃と何も変わらない、二人の想い出の場所を懐かしむしーちゃん。

日が沈みかけ、夕焼け色に染まる空を見上げるしーちゃんの瞳は、キラキラと輝いているようだった。

そして俺も、一緒に夕焼け空を見上げる。

空には、あの日と同じ綺麗なオレンジ色が広がっていた――。

◇

「しーちゃん、こっちだ！」

「ま、待って！　たっくん！」

僕はしーちゃんの手を握りながら、神社の中を駆け抜ける。

そして、しーちゃんを連れてやってきたのは、この神社の端にある開けた一角。

ここは、前に孝之とこの神社を冒険している時にたまたま見つけた場所で、他に誰も近寄らないことから僕達だけの秘密基地にしている場所だ。

「わぁ！　すごーい！」

そんな秘密基地へ連れて来たしーちゃんも、この周囲からぽつりと隔離されたようなこの空間に驚いていた。

「でしょ？　ここなら、落ち着いて花火も見られるからさっ！」

そう言って僕は、しーちゃんの手を引いて隣に座らせた。

遠くから来ているというしーちゃんに、僕は少しでもこの夏を楽しんで欲しかった。

もし、この町で過ごす時間を楽しんでくれたのなら、また近いうちに遊びに来てくれるのではないかという淡い期待を抱いていたのだ。

だから僕は、まだ学校のみんなにも教えていないこの秘密基地を、しーちゃんにだけは教えてあげることにしたのだ。

「たっくん！　こんな素敵なところに連れて来てくれて、ありがとう！」

隣に座ったしーちゃんは、嬉しそうに満面の笑みを浮かべながらお礼を言ってくれる。

その笑顔は天使のようで、幼い僕の胸はそれだけでドキドキと高鳴ってしまっているのが分かった。

「い、いいって！　と、とりあえず、これでも舐めて待ってようぜ！」

僕は照れ隠しついでに、ポケットから飴玉を二つ取り出すと、一つをしーちゃんに手渡す。

こうして僕達は、二人で同じ飴を舐めながら、花火が上がるのを今か今かと待つのであった。


そして、ついに花火が上がり出す。

色とりどりの綺麗な花火が、大きな音とともに次々と打ち上がっていく。

そんな花火を前に、しーちゃんはじっと空を見上げながらも、ぽつりと「すごい……」と呟いた。

僕はそれが嬉しくて、次々に打ち上がる花火を楽しむよりも、隣で嬉しそうに微笑んでくれているしーちゃんの横顔ばかり見てしまっていた。

そんな僕の視線に気が付いたしーちゃんは、恥ずかしそうに小首を傾げる。

その仕草もやっぱり可愛くて、僕は一気に顔が熱くなっていくのを感じた。

「たっくん？」

「な、なんでもねーよ！」

照れ隠しをするように、それから僕は真っすぐ空を見上げて花火だけを見た。

そんな僕がおかしかったのか、しーちゃんは面白そうに隣でクスクスと笑っていた。

「……あのね、たっくん」

「あーもう！　今は花火見ようぜ！」

何かを言いかけたしーちゃんに、僕はまた何か変なことを言われるんじゃないかと思い、その言葉を遮る。

それから、もうなるようになれと覚悟を決めた僕は、そんなしーちゃんの手をガシッと掴み、そのままぎゅっと手を繋ぎながら花火を見上げた。

顔も耳も、どんどんと熱を帯びてくるのを感じる。

そんな僕に対して、何かを言いかけていたしーちゃんも、もういいのか「うん……」と小さく返事をする。

こうして僕達は、ずっと二人で手を繋いだまま、一緒に花火を見上げるのであった――。

帰り道、夜も遅いし僕はしーちゃんをいつもの公園まで送った。

本当は家まで送りたかったのだが、しーちゃんはすぐ近くだからここで大丈夫と言うから、僕は素直にその言葉に従った。

歩きながら、花火の感想とか色々と会話を楽しむことができた。

でも、その間もずっと僕は、自分の胸の奥に秘めた気持ちに締め付けられていた。

花火大会の終わり――それはつまり、もうすぐこの夏の終わりを意味する。

そしてこの夏が終わってしまえば、今隣にいるしーちゃんはまた、自分の家へと帰って行ってしまうだろう。

気が付けば僕は、しーちゃんのことが大好きになっていた。

だからこそ、しーちゃんと過ごしている間は、その受け入れたくない現実から逃げるように、これまでずっとその話題を遠ざけてきたのだ。

しかし、終わりの時間はもうすぐそこまできている。

あと一週間もしないうちに、必ずこの夏休みは終わってしまうからだ――。

「……たっくん、今日はありがとう。すごく楽しかった」

「お、おう！　僕も楽しかった！」

「……そ、それでね？　たっくん……」

思いつめたように、何か話を切り出そうとするしーちゃん。

花火を見ている時からずっと、今日のしーちゃんはどこか思いつめた様子をしていることには気付いている。

でも僕は、このあと発せられるであろう言葉を、今日はまだ受け入れたくなかった。

まだ夏休みは、一週間ぐらい残っているのだ。

さよならは、夏休みの最後の最後まで取っておきたい――そう思っていた。

だから僕は、またしーちゃんの言いかけた言葉を遮ってしまう。

「ま、まぁまた来年もさ、一緒に花火見に行こうぜ！　今日はもう夜遅いし、また明日なっ！　それじゃ！」

僕は一方的にそれだけ伝えると、そのまま家に向かって一目散に駆け出した。

これじゃダメなことぐらい、自分でも分かっている。

それでも、楽しかった今日はまだ、しーちゃんとさよならの話はしたくなかったんだ。

だから残りの一週間のどこかで、僕からちゃんとしーちゃんに話をしよう。

来年も必ずこの町で待っていると、そう約束するために――。

しかし、次の日から約束の公園へ行っても、しーちゃんの姿はどこにもなかった。

あとになって思えば、花火大会のあの日、しーちゃんはもう家に帰らなければならないことを伝えようとしてくれていたのだと気が付く。

それなのに僕は、現実から逃げ出すようにその話を遠ざけ、遮り、そのせいでしたかった約束はもちろん、最後にさよならを言うことすらできなかった――。

公園へ行く度にそのことを思い出してしまう僕は、次第に公園へも近寄らなくなっていく。

こうして僕の初恋は、成長とともにゆっくりとほろ苦い思い出へと変わっていくのであった――。

◇

それが、あの頃の花火大会の記憶。

まだ幼かった俺は、自分の蒔《ま》いた種で苦しむことになり、そしてきっとしーちゃんのことも傷つけていた。

それでもしーちゃんは、こうして再び俺のことを見つけてくれた。

そして今、またあの頃と同じように、俺の隣に座って空を見上げてくれている。


今度はちゃんと、俺の彼女として――。


だから俺は、隣で微笑むしーちゃんの方を向くと、もう一度心の中で誓う。

今後何があったとしても、俺はもう二度としーちゃんの元から逃げ出すようなことはしないと。

そして今度こそ、しーちゃんのことをずっと幸せにしてみせると。


「あ、たっくん！　そろそろ始まるよ！」


辺りはすっかり日も落ちてきていた。

腕時計を見ると、丁度夜の七時半を少し回ったところだった。

俺はあの頃のように、隣でワクワクとした様子のしーちゃんの手をそっと握る。

急に手を握られたしーちゃんは少しだけ驚くも、あの頃と同じことを分かってくれたのだろう。

昔を想い出すように、嬉しそうに微笑んでくれた。

そして次の瞬間、ドーンと響き渡る破裂音とともに、色とりどりの花火が夜空に一つ大きく花開いた。

隣に座るしーちゃんと一緒に、次々に打ち上がっていく花火を眺める。

その間も、ずっと繋がれた手から伝わってくる温《ぬく》もりは、今は夏だというのにとても温かく感じられた。

夜風に乗ってしーちゃんから香る、甘いシャンプーの香りを感じながら、俺はこの時がずっと続けばいいのにと願ってしまう。

「綺麗だね……」

その声に振り向くと、優しい笑みを浮かべるしーちゃんの横顔が、花火の色とりどりの明かりに照らされていた。

「……そうだね、本当に綺麗だ」

俺は花火ではなく、しーちゃんの横顔に向かってそう言葉にする。

するとしーちゃんは、こちらを振り向くと少し驚くように頬を赤らめる。

そして、不意に二人の目と目が重なり合う——。

打ち上がり続ける花火の音が、胸の鼓動を掻き立てていくようだった——。

変な間《ま》が生まれる。
何か話さなきゃと思うけれど、何て声をかければいいのか言葉が思い浮かばない。
無言のまま、頬を赤く染めながらも真っすぐにこちらを見つめるしーちゃんから、目が離せなくなる——。

そして俺は、その大きくて美しい瞳に自然と引き寄せられていく——。

それは、しーちゃんも同じだった。
徐々に二人の顔が近付いていく——。

——そして俺達は、そのままそっと触れ合うように、初めてのキスを交わした。

しーちゃんの柔らかい唇の感触が、俺の唇に伝わってくる。

緊張しているのだろうか、その唇は少しだけ震えていた。

それに気付いた俺は、慌ててしーちゃんの肩を掴んで引き離すと「ごめん！」と謝る。

そんな慌てて謝る俺に、しーちゃんは恥ずかしそうに小さく微笑む。

「――ううん、謝ることじゃないよ。初めてだったから少し緊張しちゃっただけで、その……嬉しかった、から……」

「そ、そっか……」

お互い顔を真っ赤にしながら、再び見つめ合う。

「……たっくん、顔真っ赤だよ？」

「……しーちゃんこそ」

「……ねぇ、もう一回……しよ？」

「うん……」

その言葉に従い、俺達はもう一度唇を重ね合った。

もう緊張は解けたのか、今度はその唇は震えてはいなかった。

そして俺達は、ゆっくりとお互いの唇を引き離す。

「……恥ずかしいね」

「……だね」

恥ずかしいけれど、それ以上に幸せでいっぱいだった。

お互いの額をくっ付け合いながら、何だか急におかしくなって吹き出すように笑い合う。

初めてのキスの味——なんてよく言われるが、俺達の初めてのキスの味は、さっき食べた屋台で買った焼きそばのソースの香りがした。

そんなところも、なんだか俺達らしくて、今は堪らなく愛おしく思えてくるのであった。

◇

花火を見終えた帰り道、しーちゃんと手を繋ぎ合いながら一緒に駅へと向かう。

初めてキスを交わしたおかげだろうか、行きよりも距離が近く感じられるのは、きっと気のせいではないだろう。

満足そうに隣を歩くしーちゃんは、繋いだ手をぎゅっと握り返してくれている。

「綺麗だったね、花火！」

「そうだね、来年も一緒に見よう」

「うん！」

楽しみだなぁと微笑むしーちゃんに、俺も自然と笑みが零れる。

できることなら、次は現地へ行って一緒に回れたらいいなと思いながら。

そして、何故帰り道はこうも早く感じられるのだろうか。

会話を楽しみながら歩いていると、あっという間に駅へと着いてしまった。

「……じゃあ」

「うん……」

別れの挨拶を交わすと、しーちゃんは手を振りながらゆっくりと去っていく。

「あ、しーちゃんちょっと待って！」

その光景は、どこかあの頃と重なるようで、俺は考えるより先に身体が勝手に動くようにしーちゃんを引き留めていた。

「その……もうちょっとだけ、いいかな？」

「……うん、実はわたしも、そんな気分だったの」

引き止める俺に、しーちゃんは恥ずかしさと嬉しさが入り交じった笑みを浮かべながら、自分も同じ気分だったと言ってくれた。

　こうして俺達は、いつもの駅のベンチへと腰掛ける。

「何て言うか、その……言っておきたいことが一つあるんだ」

　引き止めたことに、何か大きな理由があったわけではない。

　でも丁度良い機会だし、俺はしーちゃんに自分の気持ちを伝えることにした。

「――その、いつもありがとう」

「え？」

　突然の俺からの感謝の言葉に、小さく驚くしーちゃん。

「あの頃さ、一緒に花火を見たあと、きっとしーちゃんは俺にさよならを言おうとしてくれていたと思うんだ。だけど俺は、しーちゃんのさよならから逃げるように帰っちゃったよね……。その結果、あの夏以降しーちゃんと会うことはなくなっちゃってさ。俺はずっと、そのことを後悔して忘れようとしてたんだ。だけどしーちゃんは、俺に見つけて貰うためにアイドルになって、それからこんな俺のところに再びこうして現れてくれた。アイドルまで辞めちゃってさ。だから、なんて言うかそのことも含めて――全部にありがとうを伝えたかったんだ。――なんて、こんな言葉じゃ全然足りないんだけどね」

　俺は、これまで抱いていたしーちゃんへの感謝の気持ちを、上手く言葉にできないながらも伝える。

この夏、俺はしーちゃんのことを楽しませると思っていたけど、思い返せばいつも俺はしーちゃんから貰ってばかりだった。

だからこそ、今日まで貰った全てに対して、ちゃんと一度ありがとうを伝えたかったのだ。

そんな俺の話を、しーちゃんは少し驚きつつも全部聞いてくれた。

そして、俺の話を全て聞き終えたしーちゃんは、気持ちを全て受け止めるように優しく微笑んでくれた。

「――違うよ、たっくん。あの時わたしは、別にさよならを言おうとしていたわけじゃないよ」

「え……？」

その予想外の言葉に、今度は俺が驚いてしまう。

さよならじゃないなら、一体何を……。

「また来年、絶対戻ってくるからねって言おうと思ってたんだよ」

そう言って微笑むしーちゃんの姿に、俺は驚きとともに目を奪われてしまう――。

——そっか、そうだったんだね。

——しーちゃんも、俺と同じだったんだ。

あの頃、俺に少しの勇気があれば、もっと早く一緒になれていたのかもしれない。

そう思うと、俺は嬉しさ以上に申し訳なさが込み上げてきてしまう。

「それにね、ある意味感謝もしてるんだよ？　あそこでお別れしたから、わたしはアイドルになることができた。その貴重な経験が、今のわたしを作り上げてくれてるって思ってるから。——だからね、そのうえでわたしがアイドルになったのも、アイドルを辞めたのも、全部がわたしの意思だよ。わたしがそうしたいと思ったから、いつも決断を繰り返しているだけ。だからね——」

そう言ってしーちゃんは、ニッと微笑みながら言葉を続ける。

「わたしの方こそ、いつもありがとうだよ。たっくんがこうして傍にいてくれるから、わたしはこの夏休み、本当に毎日楽しく過ごせているし、沢山の幸せを貰っています！」

その言葉は、何だか少しこそばゆくて、何より嬉しかった——。

この夏、絶対にしーちゃんのことを楽しませたいと思っていただけに、こうして本人からちゃんと言葉にして貰えることが本当に嬉しかった。

「じゃあ、何て言うか……」

「うん！」


「「これからも、よろしくお願いします！」」


せーので投げかけあった言葉は、見事にシンクロする。

それがなんだかおかしすぎて、プッと吹き出しながら二人で笑い合った。

花火大会も終わり、もうじきこの夏も終わろうとしている。

あの頃は、夏とともに終わってしまった初恋――けれど今は、たとえこの夏が終わっても俺達のこれからは続いていく。

そう思えることが、今はただ嬉しかった。

それはきっと、しーちゃんも同じ気持ちなのだろう。

お互い見つめ合うと、自然とその距離は近付いていく――。

——そしてそのまま、そっとお互いの唇を重ね合った。

それは、たとえこの夏が終わっても、これからもずっと一緒にいることを約束する誓いのキス。

重ね合った唇から伝わるその温もりが、今はただただ愛おしかった——。

第二章　席替え

思い返せば、あっという間だった夏休み。

今日は九月一日。つまり、今日から二学期が始まる。

久々に袖を通した制服はどことなく違和感があり、俺は玄関の鏡の前で最後の身嗜みチェックを終え、気持ちを引き締める。

しーちゃんと付き合っていることは、一先ず学校では秘密にすることとなっている。

これは有名人であるしーちゃんに及ぶ影響を考慮し、いきなりオープンにし過ぎるのはリスクが伴うだろうという判断からだ。

なのでまぁ、堂々と校内でイチャイチャすることはできないし、あまり一学期と状況は変わらないのかもしれない。

それでも、俺達が付き合っていることに変わりはないし、それにしーちゃんも言っていた通り、周りに隠れて恋を育むというシークレットラブ的な感じも、正直ワクワクしてくる部分もあった。

俺はもう一度、鏡に映った自分の姿を確認する。

そこには、さっぱりと髪型を整えた自分の姿が映っている。

そう、これは些細な話かもしれないが、自分自身もこの夏変わることができたのだ。

そんな変わった自分に謎の納得をしつつ、少し早く起きしてしまった俺は、余裕をもって家を出るのであった。

◇

久々の教室へ入ると、既に多くのクラスメイトの姿があった。

やはり、今日から二学期初日ということもあり、まだ時間は早いがみんな登校してきているようだ。

そして、自分の席の方へ目を向ければ、そこにはちょっとした人だかりができているのであった。

俺はクラスメイト達と当たり障りない挨拶を交わしながら、自分の席へ向かう。

それから、隣の人だかりの隙間から見えたしーちゃんへ向かって、俺は小さく手を振りながら簡単に朝の挨拶をする。

「おはよう、しーちゃん」

「あっ！　お、おおお、おはよう、たっくん！」

　普通に挨拶をしただけのつもりだが、何故かしーちゃんは驚きながら、ぎこちなく挨拶を返してくるのであった。

　そんな、二学期早々にどこか挙動不審なしーちゃん。

　どうしてだろうと思っていると、しーちゃんは慌てて周囲の人に朝の支度があるからごめんねと人払いをする。

　そして、誰もいなくなったことにほっと一息ついたしーちゃんは、今度は慌てて自分の鞄からスマホを取り出すと、何やら急いで文字を打ち込み出すのであった。

　──ん？　何やってるんだろう？

　そんな、やっぱり挙動不審な行動の意味が分からなくて首を傾げていると、ポケットに入れたスマホが震えだす。

　こんな時間に何だろうと思い、俺はスマホを取り出して確認する。

　するとそれは、まさかのしーちゃんからのＬｉｍｅだった。

　隣の席から送られてくるという、随分遠回しなその連絡手段に少し笑ってしまいながらも、俺は周囲に悟られないようにそのメッセージをこっそり確認する。

『おはようたっくん！　秘密にするのって、思ったより緊張するよぉ！』


何事かと思えば、それはしーちゃんの心の叫びだった。

そんなメッセージの下には、滝のような涙を流すしおりんスタンプまで添えられている。

俺は思わずプッと吹き出しながら、もう一度隣のしーちゃんの方へ目を向ける。

するとしーちゃんは、俺の視線に気が付くと慌てて前を向いてしまう。

それから、どこか引きつったような変な笑みを浮かべながら、何故かガチガチになってしまっているのであった。

そんな意識しまくりのしーちゃんに、他のクラスメイト達からも疑問の視線が向けられてしまっている。

まさか、ここまでしーちゃんが不器用だったとはと驚きつつも、そんな挙動不審になってしまっているところも面白くて、とにかく可愛いのであった。

客観的に見て、一般人の俺が普通にしているのに対して、スーパーアイドルのしおりんの方がこんなにもドギマギしてしまっているのだから、きっと俺達の事情を知っている人が見れば、「いやいや逆だろ……」と思わずつっこんでしまうに違いないだろう。

「いやいや、逆だろ……」

そう、こんな風に――。

思ったままのツッコミが入ったことに驚いて顔を上げると、そこには遅れて教室へやってきた孝之の姿があった。

「おはよう卓也！　それに、三枝さんもっ！」

「おはよう紫音ちゃん、一条くん」

今日も朝から爽やかなスマイルを向けてくれる孝之と、孝之の背後からひょっこり顔を出す清水さん。

そんな二人からの朝の挨拶に、俺達も笑って挨拶を返す。

二人が現れたことで、さっきまでの変な緊張も解《ほぐ》れたのか、しーちゃんはいつもの調子を取り戻していた。

何はともあれ、今日から二学期が始まる。

俺はしーちゃんとの関係を秘密にしつつも、一学期同様、楽しく学校生活を過ごせたらいいなとぼんやり考えながら、始業のチャイムが鳴るのを待つ。

何となく教室内を見回していると、俺は一つの変化に気が付く。

それは、心なしかこれまで全く俺に興味を示さなかったようなクラスの女子達が、こっちを見ているような気がしなくもないことだ。

まぁでもこれは、間違いなく気のせいだろう。

そもそも俺が、周囲から見られるような理由なんて全く思い当たらないからだ。

そんなことを考えていると、何やら隣からもチラチラと視線が向けられてきている気がするのだが、どうやらこれは気のせいではなさそうだった。

どこか不満そうに、こっちを見てくるしーちゃん。

その理由が分からない俺は、とりあえず気付かないフリをしてやり過ごすのであった。

◇

「よーし、今日から二学期が始まるが、全員揃ってるなー」

始業のチャイムとほぼ同時に、担任の鈴木《すずき》先生が大きな欠伸《あくび》とともに教室へとやってきた。

「まぁまだ初日だ、みんなまだ夏休み気分は抜けていないと思うが、昼までには気持ち切り替えるんだぞー」

昼まではいいのか……。

相変らず担任の鈴木先生は、いい意味で緩かった。

そんな、二学期早々緩い鈴木先生の一言に、教室内からは小笑いが起きる。

しかし、次の先生の一言で、教室内の空気は一変することとなる――。


「よーし、じゃあ二学期も始まったことだし、とりあえず席替えでもしとくかー」


先生のその一言に、教室内は一気に大盛り上がりとなる。

そしてクラス中のそこここから、視線がある一点へと集中する。

みんなの視線が向く先、それはこの学年の二大美女の一人にして、元国民的アイドルグループに所属していたクラスのアイドル。

元エンジェルガールズのしおりんこと、隣の席のしーちゃんの元へ、近くの席になれるかもしれないというみんなからの期待が一斉に向けられるのであった。

しかし、そんなクラス中の注目の的となった当のしーちゃんはというと――。

みんなから集まる視線を他所に、まるでこの世の終わりのような絶望の表情を浮かべつつ、恐る恐る目だけでこっちを見てきているのであった――。

「じゃあ窓際の席から順番にクジ引きなー」

先生のその一言で、早速クジ引きが開始される。

このクジ引きによって、みんなのこれからの運命が決まる――というのはさすがに過言だが、教室内に緊張が走る。

俺自身、前回の席替えでは特に席なんて気にしなかった。

けれど今では、俺にとってもこの席替えは大問題だった。

前の席には親友である孝之、そして何より、隣の席には彼女のしーちゃんという、言わばこの神席。

できることなら、この席から動きたくなんてないに決まっている。

だから、しーちゃんが絶望の表情を浮かべながらこっちを見ている気持ちは、正直物凄くよく分かる。

もしこの席替えの結果により、しーちゃんと席が離れてしまったとしたら……うん、それはやっぱり嫌だな。

そんなことを考えていると、すぐに俺のクジ引きの番が回ってくる。

クジは前回同様、窓際の一番前の席が1番で、廊下側の一番後ろが40番と順番に振られている。

ちなみに、俺の一つ前で既にクジを引き終えている孝之はというと、40番を引き当てていた。

「なんだよ、元の席に戻っちまったわ」

呆れるように笑う孝之。

たしかに、名簿番号順だと山本の『や』で最後の孝之は、この席替えで元いた位置へと戻るだけだった。

そんな孝之にとっても、この席替えは重要な意味があった。

それは、孝之にとっては彼女である清水さんと近くの席になるチャンスだからだ。

孝之と清水さん、二人は目配せをし合うと、清水さんは何やら気合の入った様子で力強く頷いていた。

完全にランダムなこのクジ引き相手に、得体の知れない自信に溢れている清水さん。

思えば清水さんも、孝之と付き合いだしてから随分と印象が変わったよなと思う。

以前の清水さんならば、絶対に今みたいな反応は見せなかっただろうから。

それだけ清水さんも、孝之の影響で自然体に振舞えるようになってきているのだろうと思うと、それはやっぱり良い変化だと思う。

そして次は、いよいよ俺のクジ引きの番。

俺はしーちゃんと一度目配せをしてから、運命のクジ引きボックスの前へとやってきた。

それから一度気合を入れて覚悟を決めると、俺は思い切ってクジ引きボックスの中から一枚のクジを引き抜いた――。


「はい、一条はえーっと、33番な」


なるほど、次の席は33番か……。

ということは、廊下側から二列目の後ろから二番目の席……。

今度はなんとも言えない位置の席になってしまったな……。

それでも、また孝之が斜め後ろと近くの席になったため、とりあえず良かったと言えるだろう。

「お、また近いな！　よろしくなっ！」

「おう、またよろしくな」

また近くの席になれたことを、孝之と喜び合う。

あとは、しーちゃんと清水さん、二人の新しい席がどこになるか結果を見守るだけだった。

ちなみにしーちゃんはというと、また近くの席になれた俺達のことを物凄く羨ましそうに見ているかと思えば、お経のように数字をブツブツと呟き出す。

「さんじゅうに……さんじゅうよん……さんじゅうきゅう……」

「し、しーちゃん？」

「さんじゅうに……さんじゅうよん……さんじゅうきゅう……」

……うん、応答なし。

それぐらい、完全集中モードに入っているしーちゃん。

でも何だろう、その念ずるように数字を呟く姿にはどこか既視感を覚える。

何だったかなと思い出してみると、それは最初の席替えの時のこと。

しーちゃんは俺の後ろで、今みたいに数字を急に呟き出していたことを思い出す。

「はい、三木谷《みきたに》は32番なー、次ー」

「あがっ！」

そんな、完全集中モードのしーらゃんだったが、呟く番号の一つが埋まってしまったことに、酷くダメージを受けていた。

そして、いよいよしーちゃんの順番が回ってくる――。

「次、三枝ー」

「はいっ!!」

担任の先生に名前を呼ばれると、気合十分のしーちゃんはガバッと右手を上げながら勢いよく立ち上がる。

そんなしーちゃんのクジ引きに、クラス中の視線が集まる。

これから、クラスのアイドルの新たな席が決まろうとしているのだ。

教室内には、なんとも言えない緊張が走る――。

そして何より緊張しているのは、しーちゃん本人だった。

緊張のあまり、手と足を同時に出しながら教卓へと向かったしーちゃんは、プルプルと震えながら「えいっ!」という掛け声とともにクジを引いた。

「はい、じゃあ三枝は……」

そして、しーちゃんの引いたクジを受け取った先生はというと、他の人の時とは違い一呼吸置く。

それは、クラスのみんなからの注目が集まっていることを分かったうえでの、先生のアドリブだった。

全員が固唾《かたず》を呑《の》んで見守る中、まるでテレビのクイズ番組のように、たっぷりと間を空けてから先生は番号を告げる――。


「――29番だ！」

「おおおお!!」


先生のその言葉に、ざわめく教室内。

その反応は、まるでワールドカップの抽選会のようだった。

でもそうか、しーちゃんは29番か……。

俺は黒板に書かれた新しい席順に目を向ける。

俺と同じ列だけれど、生憎《あいにく》そこは一番前の席。

つまりこの席替え、残念ながらしーちゃんとは席が離れてしまったのである。

まぁこれも仕方ないかと思いつつ、そんなに都合よくはいかないよなと現実を受け止めるしかなかった。

「三枝ー、次が待ってるからそろそろ動こうなー」

「はい……」

先生の一言で、我に返ったしーちゃん。

それでも酷く落ち込んでおり、まるでこの世の終わりのような表情を浮かべながら席へと戻ってくる。

「はぁ…………」

そして着席したしーちゃんは、これまで聞いたことのないような深い溜め息をつくのであった……。

その落胆っぷりは凄まじく、もしこの世に落胆《R》－1《ワン》グランプリがあれば、確実に最優秀賞を受賞するだろう――。

それぐらい落ち込んでいるしーちゃんに、俺も孝之もなんて声をかけたらいいのか分からず、お互い顔を見合わせるしかなかった。

あれだけ強く念じてくれていただけに、何もできないことが歯がゆい。

でも同時に、俺としてはしーちゃんがあれだけ望んでくれただけで十分だった。

近くの席にこそなれなかったけれど、その気持ちはしっかりと伝わっている。

だから俺は、そんな落ち込むしーちゃんを励ますように笑いかけると、しーちゃんもようやく現実を受け入れたのか力なく笑い返してくれた。

だが、その時だった――。

「はい、清水はえーっと、39番なー」

聞こえてくる先生の声に、物凄い勢いで反応するしーちゃん。

そして、清水さんの席が孝之の前の席に決まったのを確認すると、自分だけ仲間外れになってしまったことに、また酷く落ち込んでしまうのであった――。

そんなしーちゃんを他所に、喜びを分かち合う孝之と清水さん。

あの清水さんの自信に溢れた表情からの、本当に傍の席を引き当ててしまう辺り、二人のラブコメ力は俺達以上に高いのかもしれないな……。


こうして、うちのクラスの新しい席順が決定した。

しーちゃんと席が離れてしまうのは残念だけれど、同じ教室にいるわけだし大した問題ではないと気持ちを改めながら、席を移ろうと立ち上がったその時だった。

「あ、あのぉー先生、ちょっといいでしょうか……」

「ん？　どうした宮田《みやた》？」

「その……わたし、目が悪いし背も低いので、黒板が見え辛いので一番後ろの席はちょっと……」

丁度俺の後ろの席になった宮田さんが、そう気まずそうに手を挙げて主張する。

たしかに宮田さんは、普段から度が強そうな眼鏡をしているし、それに身長も学年で清水さんに次いで低い。

だから宮田さんの言うことには、クラスのみんな納得だった。

一番後ろの席では、さすがに黒板が見辛いだろうと――。


「ああ、なるほどな。――じゃあ、同じ列の一番前の席の……三枝！　悪いけど、宮田と席替わってやってくれないか？」

「はい！　喜んでぇ!!」


先生の配慮に、まるで居酒屋さんの店員のように二つ返事で答えるしーちゃん。

ピシッと右手を挙げながら、先程までの落胆が嘘のようにキラキラとした良い表情で、席の交換を食い気味に受け入れる。

その結果、しーちゃんの席は同じ列の一番前から、俺の後ろの席へと変更されたのであった。

声には出さないが、机の下で握り拳を作るしーちゃん。

そしてこっちを振り向くと、達成感で満ち溢れた表情を浮かべながら「ミッション、コンプリートォ」と小さく呟くのであった。

こうして、一時は離れ離れになってしまったと思ったのだが、奇跡的にしーちゃんも近くの席になることができたのであった。

◇

「良かった、今日からはわたしも一緒だ」

新しく隣の席になった清水さんが、安心するように微笑む。

たしかに、これまで清水さんだけ席が離れていたから、その思いは誰よりも強いだろう。

「おう！　桜子が前の席になるなんて、幸せすぎるな」

顔を見合わせながら、喜びを分かち合う清水さんと孝之は、見ているだけで本当に幸せそうだった。

二人は付き合っていることをオープンにしているから、こうして教室内でも堂々とイチャイチャできるのは、やっぱりちょっと羨ましくなってくる。

でも俺達の場合は、そうはいかない……。

こうして前後の席になれたものの、付き合っていることをオープンにしていない俺達は、当然人前でイチャイチャなんてできないのだ。

それに、隣の席ならばまだしも、席が前後というのも中々に厄介だった。

何故なら、俺が後ろを向く理由が中々見当たらないからだ。

俺が後ろを振り向く＝そこにはしーちゃんしかいない。

つまりそれは、しーちゃんの方を振り向くちゃんとした用がない限り、俺が後ろを向くのは不自然なのである。

これはどうしたものかなと考えていると、後ろから背中をツンツンとつつかれる。

突然背中をつつかれたことに驚いた俺は、反射で後ろを振り向く。

するとそこには、頬杖をつきながら、嬉しそうに微笑んでいるしーちゃんの姿があった。

「えへへ、これで正々堂々、ずっとたっくんを見ていられるね」

周囲にバレないように、小声でそんな言葉を口にするしーちゃんに、俺は顔が熱くなってくるのを感じる。

「あ、たっくん真っ赤になった」

そんな俺を見て、悪戯に微笑むしーちゃん。

恥ずかしくなった俺は、咄嗟《とっさ》に前を向いて誤魔化すしかなかった。

しかし、そんな俺を面白がるように、しーちゃんはそれからも隙あらば俺の背中をツンツンとつついてくるのであった。


午前中の授業も無事に終わり、新しい席で初の昼休みの時間になった。

元々四人の席がくっ付いていることもあり、俺達はそのまま今まで通り四人で一緒に弁当を食べることとなった。

孝之はというと、一学期同様に清水さんから手作り弁当を受け取ると、「桜子の弁当が食えるんだから、夏休みが終わってむしろ嬉しいわ」と喜んでいた。

そんな孝之の言葉に、清水さんは頬を赤らめながら嬉しそうに微笑む。

正直その姿は、俺から見てもとても可愛らしかった。

それに、自然にそうやって彼女を喜ばせられる孝之は、女の子と付き合うという意味で俺より先輩なだけあって、流石《さすが》の一言だった。


「はい、どうぞ！」

そんなことを考えていると、しーちゃんからもお弁当が手渡される。

こちらも一学期同様、しーちゃんが俺の分も作ってきてくれることになっていたのだ。

とは言っても、付き合っていることを隠すうえでこのやり取りは明らかに不味いだろう。

だから俺は、夏休みが終わる前に一度しーちゃんに相談したのだ。

このお弁当を作ってきて貰うのは、一度やめにすべきかどうかについてを――。

しかししーちゃんは「ダメだよ、二学期もわたしが作っていきますからね！」と言って一歩も譲らなかった。

その結果、こうして二学期もしーちゃんが俺の分もお弁当を作ってきてくれることになったのである。

「ありがとう」

「どういたしまして！　えへへ」

俺はお礼を伝えながら、そのお弁当を受け取る。

すると当然のように、周囲の視線がこちらへ向けられる。

だから俺は、一学期同様にあくまで友達としてお弁当を受け取っている風を装うが、果たしてこれで本当に誤魔化せているのかどうかは、よく分からないというのが正直なところだ。

でもそれを言うなら、一学期の時点で既に受け取っているのだから、今更どう取り繕っても後の祭りなのだ。

とは言っても、一学期時点では本当に付き合ってもいなかったのだから、何だかもう考えるだけ無駄なように思えた――。

こうして、しーちゃんからお弁当を受け取った俺は、前を向いて自分の机の上でそのお弁当を広げる。

――うん、今回も凄く美味しそうだな。

しーちゃんのお弁当に一人満足していると、背中をツンツンと強めにつつかれる。

「もうっ、なんですぐ前向いちゃうの？　一緒に食べようよ」

思わず後ろを振り向くと、そこには不満そうにぷっくりと膨れるしーちゃんの顔が待っていた。

まぁ、たしかに言う通りだった。

作ってきて貰ったというのに、別々で食べるのも凄く変な感じはしていた。

隣では、孝之の机で一緒にお弁当を広げている清水さんの姿。

じゃあ俺も、同じように後ろを向いて同じことをするかというと、それは流石に無理があるだろう……。

どうしたものかと思っていると、そんな俺達を見兼ねた孝之が声をかけてくる。

「じゃ、せっかくだし四人で机くっ付け合って一緒に食おうぜ！」

そんな、孝之からの助け船。

それは正《まさ》しく、この場における正解だった。大正解だ。

それだ！　と思った俺としーちゃんは、すぐに賛成して机をくっ付け合ったのであった。

四人で机をくっ付け合った結果、こんな風に昼休みを過ごすのは俺達だけのため、案の定周囲から注目を浴びてしまう。

でもそれは、こうして机をくっ付け合っていること以上に、やはりこの面子《めんつ》の問題だと思う。

孝之に清水さん、それから何と言ってもしーちゃんという、俺以外はこのクラスを飛び越えて学年でも人気の美男美女の三人が含まれているのだ。

特に孝之の場合、最近はバスケ部での活躍が結構話題になっており、元々高かった人気が更に高まっているのだ。

そのことは、当然彼女である清水さんも把握しており、周囲の孝之に対する視線に危機感を抱いているようだった。

しかし、当の本人である孝之はというと、今も自分へ向けられている女子達からの視線を気にする素振りも見せない。

　というか孝之は、そんな周囲の反応に気付いてすらいない様子で、ただ清水さんお手製のお弁当を美味しそうに食べているのであった。

　そんな鈍感な孝之に、俺はやれやれと呆れながら、こっちはこっちでしーちゃんお手製のお弁当をいただくことにした。

「……たっくん」

　しかし、隣のしーちゃんからジト目が向けられる。

　その理由が全く分からない俺は、何か不味いことでもしてしまったのだろうかと急に不安になってくる。

「えっと……ど、どうかした？」

「……たっくんもだよ」

　恐る恐る質問する俺に、呆れた様子で答えるしーちゃん。

　しかし、それが何のことなのか全く心当たりのない俺は、不満そうにぷっくりと膨れるしーちゃんを前に、どう返事したらいいのか分からない……。

「卓也、お前なぁ……」

　すると、あろうことか鈍感な孝之までもが、俺を見て呆れるのであった。

隣の清水さんも分かっているようで、どうやらこの場で俺だけが何かに気付いていないようだった。

でもその理由について、このあとの出来事で俺もようやく理解することになるのであった——。

◇

弁当を食べ終えた俺は、机を元の位置に戻すと、ずっと我慢していたトイレへとやってきた。

用を足した俺は、手を洗いながら鏡に映る自分の姿を確認する。

以前の自分とは違い、雑誌で見るようなお洒落へアーになった自分——。

これは、服屋のケンちゃんに紹介して貰った、美容師のヒロちゃんに仕上げて貰ったおかげだった。

たかが髪型、されど髪型。

髪型一つでここまで印象が変わるものなのだなと、俺は改めて感心させられる。

まぁそれも、ヒロちゃんが腕の立つ美容師だったからというのも大きいのだろう。

人それぞれの顔や頭の形に合った髪型を見付け、細部まで綺麗に仕上げてくれる美容師という仕事は、これまで俺が思っていた以上に凄い職業なことを学んだ。

——なんなら、今の自分は少しイケてるんじゃないか？

なんて、これまでの自分なら絶対に思わなかったであろう考えが頭を過《よぎ》る。

そしてこれも、ひとえにヒロちゃんのおかげだろう。

——ありがとう、ヒロちゃん。

そんなことを考えながら、俺は手洗いを済ませて教室へと戻る。


「あ、一条くん？　——うそ、なんか随分と印象変わったね！　イケメンって感じ？」


すると、トイレを出たところで二人組の女子と鉢合わせてしまう。

しかもその片方は、同じ中学出身の佐々木《さ さ き》さんだった。

佐々木さんと言えば、茶色のポニーテールが印象的な、昔から元気のいい女の子。

そんな佐々木さんはというと、俺の姿を見るや否や、そう手放しに褒めてくれるのであった。

しかし、イケメンだなんてお世辞まで言われてしまうと、そういう言葉を言われ慣れていない俺は、こういう時どんな反応をしたらいいのかが分からない。

例えば、ここで俺がありがとうと返事するのは、ナルシストと言うか普通に恥ずかしい……。

だから、やはりここは謙遜しておくのが無難だろうか……。

そんなことを考えていると、佐々木さんからまた声をかけられる。

「うーん、もちろん見た目もだけどさ、なんか雰囲気も変わった感じがするね！」

「雰囲気？」

「そう、雰囲気が違う気がする！　今の感じ凄くいいよー、青春って感じだね！　じゃね！」

悩む俺を他所に、佐々木さんはそう言って俺にグーポーズを向けると、そのまま友達と一緒にトイレの中へと入っていってしまった。

そしてトイレの中からは、「今の知り合い!?」という、友達の少し興奮したような声が聞こえてくるのであった――。

そんな佐々木さんとお友達の反応を受けて、俺は自分が周囲にどう見られているのかをいよいよ自覚する。

だからこそ、さっき弁当を食べていた時、しーちゃんや孝之がどうしてあんな反応をしたのかも理解できてしまう。

俺も孝之と同じく、周囲から少し注目を浴びるようになっているが故、そのことに自覚のない俺に呆れていたのだろうと——。

でも、そんな自覚は少しナルシストな気がするし、俺にとってはこれまで全く縁のない自覚なのだ。

だからこそ、気付いていないように振舞っていた孝之のアレが正解だったのかとか、もう自分でもよく分からないことを考えつつ、俺は教室へと戻るのであった。

だが、その時だった。

廊下を一人歩く俺は、あることに気付いてしまう——。

教室の柱のところで、しーちゃんがその顔を半分だけ出しながらこっちを見てきているということに——。

まるで万引きGメンのように目を細めながら、俺のことを探るようにじーっと見ているしーちゃん。

その表情はいかにも不満げで、物凄く何か言いたそうな雰囲気を全身に纏っている。

「……ストップ。今のは誰ですか？」

「え、えーっと、同じ中学だった佐々木さんです」

「……連絡先は？」

「し、知りません。偶然そこで会って、挨拶がてら少し会話をしただけです……」

「……では、あなたの彼女は？」

「しーちゃんです……」

「……よろしい、ならば通ってよし」

正直に質問に答えていると、どうやら通行許可が出たようだ。

一体何をしているのかと思えば、しーちゃんはここで教室の門番をやっていたのである。

「あのさ、しーちゃん」

「な、なにかな？」

少し気まずそうに、唇を尖らせながら視線を逸らすしーちゃん。

俺はそんなしーちゃんの隣を横切る際、みんなにバレないように視線は合わせず、しーちゃんにだけ聞こえるように言葉を伝える。

「俺はその……しーちゃんだけだから、心配しなくても大丈夫だよ」

我ながら、今のセリフは言っていて恥ずかしくなってくる。

それでも、俺はしーちゃんだけだよという気持ちを、この門番さんにちゃんと伝えておきたかったのだ。

俺が席に着くと、続くようにしーちゃんも後ろの席に座る。

今しーちゃんがどんな顔をしているのかは、後ろにいるから分からない。

すると、後ろから俺の背中がツンツンとつつかれる。

今日何度目かの、背中ツンツン。

「わたしもだよ。わたしも、たっくんだけだから――」

そしてしーちゃんは、俺にだけ聞こえる声で、さっきの俺の言葉に応えてくれるのであった。

その言葉に、俺は思わず後ろを振り向いてしまう。

するとそこには、恥ずかしそうに頬を赤らめながらも、嬉しそうに微笑むしーちゃんが待っていてくれたのであった。


放課後。

今日は久々の学校だったせいか、はたまた後ろの席からのツンツン攻撃によるドキドキのせいか、何だかどっと疲れた気がする一日だった。

孝之はこれから部活があるとのことで、清水さんと一緒に体育館へ向かって行った。

うちの高校には、どの部活にもマネージャーという役割はないのだが、今では清水さんは実質マネージャーのような存在となっているらしい。

最初は孝之の応援に向かっていただけだったのだけれど、バスケ部のお手伝いをしている内に、今では部に欠かせない存在なのだとか。

そんな清水さんは、その美貌も相まって『勝利の女神様』として部員たちからは崇められており、そんな状況に孝之も満更じゃない様子だった。

「じゃ、帰ろうか」

「うん！」

帰り支度を終えたしーちゃんに声をかけると、二人で一緒に教室を出る。

今日から二学期、夏休みが明けて久々に見るであろうしーちゃんは、いつにも増して周囲の注目を集めていた。

元国民的アイドルで、同年代なら誰しもが一度は憧れたことのある有名人。

だから、そんな周囲の反応も当然だった。

しかし、その視線の中には、棘《とげ》のある視線も混ざっていることにも気付いている。

理由はもちろん、しーちゃんの隣に俺がいるからだろう。

もし俺も好きな有名人がいて、その隣に知らない男がいれば同じような反応をしているだろうから……。

けれどしーちゃんは、そんな周囲の視線なんて全く気にしない。

ただ一緒に帰れることを楽しむように、ニコニコと微笑みながら弾むような足取りで隣を歩く。

だから俺も、そんなしーちゃんを見て吹っ切ることにした。

こうなることは、しーちゃんと付き合う時に覚悟したことなのだ。

だからこそ、周囲のことを気にする暇があるのなら、こうして一緒に過ごす時間をもっと大切にすべきだと。

そう振り切った俺は、ただの友達ですよと完全に開き直りながら、堂々としーちゃんの隣を歩いた。

「ねぇたっくん、このあとちょっと寄り道していかない？」

「うん、今日はバイトもないし大丈夫だよ。どこ行きたい？」

「パンケーキ！」

まるで見えない尻尾をブンブンと振るように、ワクワクした様子で即答するしーちゃん。

そんな姿を見ていると、おばあちゃん家で飼っている犬のことを思い出す。

Ｌｉｍｅのアイコンにもしている小型犬なのだが、しーちゃんの可愛さと似ている部分があって、少し笑えてきてしまう。

そんなこんなで俺達は、今日は真っすぐ帰るのではなく、駅から少し離れたところにあるパンケーキのお店へとやってきたのであった。

「ここも素敵だね！」

店内は白を基調にした、なんともSNS映えしそうなお洒落な内観だった。

ちなみにここも、しーちゃんが予めチェックしていた『行ってみたいパンケーキ屋さんリスト』の内の一つだったようだ。

席に着いたしーちゃんは、楽しそうに周囲をキョロキョロと見回している。

ちなみに今も、しーちゃんは変装用の伊達メガネをしている。

おかげで正体こそバレてはいないようだが、その溢れ出る美少女オーラは周囲の視線を集めてしまっており、結局目立ってしまっていることに変わりはないのであった。

暫く会話を楽しんでいると、注文したパンケーキが届けられる。

しーちゃんはパァッと嬉しそうに微笑むと、早速スマホを取り出してそのパンケーキを写真に収めていた。

この写真も、しーちゃんは二人の思い出のアルバムに保存するらしく、こうして写真が増えていくことが嬉しくて堪らないらしい。

そんな可愛いことを言われてしまっては、俺も微笑まずにはいられなかった。

するとしーちゃんは、「えいっ！」と言いながらスマホをこちらに向けると、そのまま俺の顔も撮影してくる。

「えへへ、たっくんとの思い出が、また一つ増えたなぁ〜♪」

そしてしーちゃんは、今撮ったその写真をルンルンと楽しそうに眺める。

いきなり撮られて変な顔をしてしまった気もするが、まぁ減るものじゃないしこんなにも喜んでいるのだから、ここはよしとすることにした。

「そうだ、しーちゃん」

「ん？　なぁーに？」

写真撮影も終了し、美味しそうにパンケーキを食べるしーちゃんに声をかける。

フォークを咥えながら、きょとんとした顔で聞き返してくるしーちゃん。

「えっと――はい、これ」

そんなしーちゃんに、俺は鞄から取り出した包装紙に包まれた箱を一つ差し出す。

「――え？　なにこれ？」

「開けてみて」

訳が分からないながらも、しーちゃんは頷いてその箱の包みを開けた。

「え……これ、くれるの？」

「うん」

「な、なんで？」

俺が渡したのは、女性用の腕時計。

以前一人で買い物をしている時、一目見てしーちゃんに似合いそうだと思ったから、その場の勢いで買っておいたものだ。

「しーちゃんと付き合ってからさ、まだ何も形として残るものをあげられてなかったなと思って」

だから、今日の学校終わりにでも渡せたらなと思って鞄に入れておいたのだが、今が丁度良いと思い渡すことにした。

「じゃあ、えっと……はめてみても、いいかな？」

「うん、俺も見たいかな」

しーちゃんは大切そうに箱から腕時計を取り出すと、少し照れ臭そうに微笑みながら自分の手首につけてくれた。

淡いピンク色したレザーベルトに、ローズゴールドのケースをしたその可愛らしい時計

は、やっぱりしーちゃんによく似合っていた。

「ど、どうかな？」

「うん、よく似合ってるよ」

似合っていると言われて嬉しかったのだろう、腕にはめた時計を見つめながらふんわりと微笑むしーちゃん。

「あっ、でも、わたしばっかり貰ってたら悪いよ……」

「そんなことないよ、ちゃんとしーちゃんからも沢山貰ってるから」

「え？　なにを？」

「弁当」

何のことと首を傾げるしーちゃんに、俺は笑ってそう即答する。

あんなに美味しいお弁当を、学校では毎日食べさせて貰っているわけだから、これでも全然釣り合ってなどいないのだ。

だからこそ、ただ一方的に貰いっぱなしというのは申し訳なさでいっぱいだったから、いつかこうして形でお返ししたいと思っていたのだ。

しかし、当のしーちゃんはというと、まさかお弁当のことだとは思っていなかったようだ。

俺の思いがけない返答に、少し恥ずかしそうに照れ笑いを浮かべている。

「――じゃあ、そんな優しいたっくんのため、明日は唐揚げ多めにしちゃおうかな」

そう言って、嬉しそうににんまりと微笑むしーちゃんの笑顔を見ているだけで、俺の心は幸せでいっぱいに満たされてしまうのであった。

◇

次の日、ホームルームの時間。

近くに迫ってきた文化祭について、このホームルームの時間を利用してクラスで話し合うこととなった。

「それじゃあ、みんなで文化祭について話し合いたいと思います」

「とりあえず、みんなのやりたいことをバーッと言い合って、その中から多数決でこのクラスの出し物を決めちゃおうよ！」

二学期に入り、文化祭実行委員に選ばれた新島《にいじま》くんと三木谷さんが教壇に立ち、クラスのみんなに文化祭の出し物は何がいいかと投げかける。

すると教室内は、ワクワクとした様子でざわつき出す。

うちの高校の文化祭は、生徒の自主性に任せてある程度自由に出し物を決めていいことになっている。

だから今も、文化祭実行委員の二人が主導する形で出し物を決めているわけだ。

ただし、準備期間は限られているため、その期間内にしっかりと準備を終えられることが必須条件となる。

準備は基本的に放課後の時間を利用するため、あまり大がかりな出し物を選択するとかなり大変になってしまうだろう。

まぁそんな文化祭、中学生の頃は文化祭自体が存在しなかったため、何だか自分も高校生になったのだなという実感が湧いてくるのであった。

アニメや漫画なんかでは定番のイベントなだけに、現実ではどうなってしまうのだろうと、内心ではこの高校生活で楽しみにしていたイベントの一つだ。

「はーい！　じゃあメイド喫茶ー！」

「いっそ体育館で出し物とかしちゃう？」

「あーいいかもー！　劇とか？」

「えー、ダルいから資料展示で良くない？」

クラスのみんなから、様々な意見が挙げられていく。

それを新島くんが仕切りつつ、三木谷さんが黒板へ挙がった意見を全て箇条書きで纏めていく。

ちなみにこの文化祭実行委員だが、新島くんと三木谷さんの二人が立候補することであっという間に決定した。

クラスのリーダー的な存在である新島くんと、見た目ギャルでいつも明るい三木谷さんの二人なら、まさしく適任だろうと満場一致の賛成だった。

そんなわけで、あっという間に様々な意見が挙がったため、いよいよその中からこのクラスの出し物を多数決で決めることとなった。

——ツンツン。

そんな中、突然後ろから背中をつつかれる。

「ねぇ、たっくんは何がいい？」

後ろを振り向くと、しーちゃんが口元に手を当てながら、楽しそうにどれがいいか聞いてくる。

どれがいいかと聞かれれば、正直俺はどれでも良かった。もちろん、良い意味で。

さすがに劇とか歌は少し恥ずかしいけれど、多分そのどれが選ばれたとしても、クラスのみんなで用意して本番を迎えられれば、それはきっと楽しいに違いない。

もちろん、そのクラスメイトには孝之や清水さん、そしてしーちゃんも含まれるのだ。

だからこそ、俺はどんな出し物でも楽しくやり遂げたいと思っている。

でも、そのうえで少し欲を言うのなら、やっぱり……、

「——まぁ、鉄板ではあるけど、メイド喫茶とか楽しそうだよね」

俺は以前送って貰った、メイド姿のしーちゃんの写真を思い出す。

あれは本当に可愛かった。可愛くて可愛くて、そして本当に可愛かった。

だから俺は、欲を言うならそのメイド姿を生でも見てみたかった。

もちろん、理由はそれだけではない。

メイド喫茶って、アニメや漫画の中では定番だし、純粋に楽しそうなのだ。

それに、喫茶店ならばそこまで大袈裟ではなさそうだし、人前で劇や歌を披露するのに比べるとまだ無難そうに思えたのだ。

そして俺は、もう気付いていることがある。

それは、色々と意見は挙げられているけれど、みんなの心の内では既に一つに絞られているということに——。

そんな俺の意見に、しーちゃんは「そっか」とだけ答える。

しかしその表情は、確実に何か企んでいるようで、少しニヤついていた。

一体何を企んでいるんだろうと思っていると、早速多数決が行われることとなった。

「じゃあまずは……メイド喫茶がいいと思う人、挙手してください」

その声に、俺の予想通りクラスのほとんどの手が挙がった。

それは余裕で過半数を超えており、最初の多数決でこのクラスの出し物はすぐに決定したのであった。

「でも、メイド服とかどうするの？　これから作るのって、正直無茶あるよね？」

だが、現実は俺の思ったよりも問題があった。

クラスの女子達から挙がったその意見はご尤《もっと》もで、衣装の用意にはそれなりに時間とコストがかかるのは間違いなかった。

一番文化祭っぽさがあるし、アニメや漫画では鉄板のメイド喫茶なのだけれど、実際には中々実行されない理由が恐らくこれだろう。

クラス中に諦めムードが漂う中、教壇に立つ三木谷さんが挙手して口を開く。

「あ、それならさ、あたしのバイト先から借りてくれれば何とかなると思うよ」

そんな、まさかの三木谷さんの提案に、教室内の全員が驚きを隠せなくなる。

バイト先って、それは一体どんなバイトなのだろうか……。

見た目で人を判断するのは良くないが、三木谷さんのその容姿から想像するに、まさかとは思うが如何《いかが》わしいお店じゃないよなと、教室内には変な空気が漂い出す……。

そんな変な空気を察した三木谷さんは、慌てて言葉を付け足す。

「いや、みんなの想像してるような、変なバイトじゃないからね!? ——実はあたし、駅前のメイド喫茶でたまにバイトしてんだよね！」

そのカミングアウトに、みんな納得したのも束の間、すぐに驚きの声が上がる。

たしかに如何わしいお店とかではなかったが、それでも三木谷さんと言えばやっぱりギャルなのだ。

ふわふわとした金髪のロングヘアーに、背は高くてスレンダーなルックス。

そして、猫を思わせるような少し吊り上がったきりっとした目元が特徴的な、可愛いより美人系の女の子。

そんな三木谷さんのバイト先が、まさかのメイド喫茶だと言うのだ。

それをギャップと呼ばずして、何と言うのだろうか。

人は見た目によらないとはよく言うが、本当にその通りだなぁと一人思っていると、俺はそこであることに気が付いてしまう。

そのことに気付いてしまった俺は、そっと斜め後ろの孝之の方を向く。

すると孝之も、どうやら同じことに気が付いた様子で、俺に向かって苦笑いを向けてくる。

そう、思えばこの町には、メイド喫茶は一軒しかないのだ。

つまり三木谷さんのバイト先は、十中八九、以前孝之と一緒に行ったあのメイド喫茶と見て間違いないだろう。

まだオープンして間もない頃に行ったから良かったものの、もしかしたらあの日、クラスメイトに接客されていたのかもしれないと思うと、中々恐ろしいものがあった。

俺は孝之と力なく笑い合うと、もう過去のことは忘れようと前を向く。

しかし、そんな俺に突き刺さるような、一つの視線が向けられていることに気が付く。

もちろんそれは、後ろの席のしーちゃんから向けられたもので、その理由もなんとなく察しがついた。

そう言えばあの日、俺と孝之が一緒にメイド喫茶へ行ったことを、隣の席だったしーちゃんだけは知っているのだ。

俺は恐る恐る後ろを振り向くと、そこにはちょっと不満そうに頬を膨らませながら、ジト目でこっちを見てくるしーちゃんの姿が待っていたのであった。

そんなこんなで、三木谷さんからのナイス提案により、うちのクラスの出し物はメイド喫茶に決定したのであった。

黒板に書かれた『メイド喫茶』の文字の上に、大きな花マルが書かれる。

そして黒板の前に立つ三木谷さんは、何故かこっちを見ながら面白そうに微笑んでいるのであった――。


無事クラスの出し物が決まったところで、お次は役割分担をすることとなった。

メイド喫茶だと、接客、厨房、あとは設備作成に買い出し担当が必要だろうと、色々と意見が上がっていく。

そして、いざ担当を決めようというところで、クラスの男子が突然、示し合わせたように挙手をしだす。

「はい！　三枝さん、清水さん、それから経験者の三木谷さんに接客して貰えたら、きっとこの文化祭、盛り上がると思います!!」

何て言うか、それはもう物凄く必死な様子だった。

そもそも、しーちゃん達のメイド姿が見たいが故、今回の出し物がメイド喫茶となったことは明白だった。

だから他の男子達も、その意見に全面的に賛成する。

たしかにそれは、客観的に考えれば適材適所ってやつなのかもしれない。

けれどやっぱり、それを選ぶのは本人であるべきだ。

現に清水さんは、急に名指しされたことに戸惑いながら、孝之に助けを求めるように縋《すが》っているのだ。

それにしーちゃんだってと思いそっと後ろを振り向くと、そこには困るどころかやる気に満ち溢れたような、キラキラとした表情を浮かべるしーちゃんの姿があった。

きっとしーちゃん的には、これまで芸能活動を続けてきたことで、そういったコスチュームを着ることへの抵抗があまりないのだろう。

けれど、それにしたってやる気に満ち溢れすぎている気がするのは、きっと気のせいじゃないだろう……。

ちなみに、孝之を縋る清水さんだけれど、恐らく孝之的には清水さんのメイド服姿は見たいのだろう。

困っている清水さんに対して、孝之はまぁまぁと言いながら宥める側に回っていた。

結果、ここには誰も味方はいないことを悟った清水さんは、諦めるように項垂《うなだ》れているのであった。

「それじゃあ、どうだろう？　三枝さん、清水さん、それから三木谷さんも。クラスのみんなはこう言っているけど、引き受けて貰えるかな？」

　そして、成り行きを見守っていた新島くんが最終確認をした結果、三人ともメイド役を務めることに決定したのであった。

　結局、最後まで渋っていたのは清水さんだけだったのだけれど、それも孝之の「桜子のメイド姿、正直めちゃくちゃ見てみたい」というストレートな囁きが決定打となり、新島くんの確認に対して、恥ずかしそうに首を縦に振ったのであった。

　でも俺は、気付いている。

　清水さんが孝之から見えない角度で、小さくガッツポーズをしていたことに――。

　次にしーちゃんだが、やっぱり何か企んでいるようで、二つ返事でオッケーすると後ろでフヒヒと変な笑い声を漏らしているのであった。

　そんなところも、やっぱり挙動不審というか何というか、理由こそ不明だがすっかりやる気になっている様子であった。

　まぁそんなわけで、三人がメイド役を引き受けてくれたことがキッカケとなり、みんなが協力的に話し合いに参加したことで、残りの役割分担もスムーズに行われたのであった。

　その結果、思いのほかすぐに決まったことで、ホームルームの時間もまだ余っているということで、残りの時間は早速担当ごとに分かれて話し合いをすることとなった。

ちなみに俺は、孝之と同じ厨房担当となった。

大雑把に言うと、表の接客は女子達が引き受ける形となり、裏方の仕事を男子達で行うような役割分担となった。

とは言っても、料理が得意な男子も少ないため、厨房担当には料理が得意な女子が二人参加する形となり、その二人を中心にレシピの検討を始めることとなった。

「予算やキャパも限られているわけだし、やっぱりメニューは絞らないとだよな。メイド喫茶と言えば、オムライス、ハンバーグ、あとはソフトドリンクってところか？」

孝之が率先して発言してくれることで、話しやすい空気が生まれる。

その結果、女子達からも色々意見が挙がり意見交換が活発化する。

しかし、まさかこんなところで、以前メイド喫茶へ行った経験が活きてくるなんて思わなかったな……。

それからは、オムライスならチキンライスを作り置きしておけば、あとは玉子だけ焼けばいいとか、ハンバーグは生焼け等衛生面を考慮して、加熱済みの冷凍のものを買っておけば安全だし手間もかからないだろうと、女子達が予算を考慮して具体的に考えてくれるおかげで、どんどんレシピが決定していく。

あとはメインに対して、予算内でどこまでトッピングの具材をプラスできるかについて、もう少し話し合いが必要といったところだが、それもこの調子ならすぐに決められそうだった。

そんなわけで、少し余裕のできた俺は教室内を見回し、同じく集まって話し合いをしている接客グループに目を向ける。

そこでは、メイド喫茶のバイト経験者である三木谷さんを中心に、必要な接客方法が担当内で共有されているようだった。

こうして経験者がいることで、学生のお遊びといった感じではなく本格的なメイド喫茶になりそうだなと安心できる。

しかし、本当にしーちゃんが接客に回って良かったのだろうかと、今更になって心配になってくる自分がいた。

元国民的アイドルが、オムライスにケチャップで絵を描いてくれるなんて、普通に考えて文化祭で行うにしてはあまりにも過剰サービスではないだろうか。

当日は大変なことになるかもなと思っていると、そんな俺に気付いた孝之が肩を叩いてくる。

「まぁ、考えてもキリがないだろ。俺も桜子がちょっと心配ではあるけど、もし何かあれば俺もみんなを守るからさ、こういうのは楽しんだもの勝ちだぜ！」

そんな孝之の前向きな言葉に、俺もそうだなと笑って返す。

たしかに孝之の言う通り、せっかくの文化祭を楽しまなくては勿体《もったい》ない。

それにしーちゃん自身、あれだけ楽しそうに打ち合わせに参加しているのだ。

であれば、不安がないことはないが、もし何かあれば自分が助けに向かえば良いのだと、心配するよりこの文化祭を全力で楽しむ方へ気持ちを切り替える。

しかし、そのうえで俺は一つだけ気になることがあった。

それは、基本的に接客担当は女子だけだったはずなのだけれど、何故かそこに男子で一人だけ、新島くんが接客担当の方に属しているのである。

さすがはクラスの中心人物、男子一人でも女子の輪にも上手く溶け込んでいるのだが、心なしか新島くんがしーちゃんとばかり話していることが、俺は少しだけ気になってしまう――。

すると、そんな俺の視線に気が付いた三木谷さんが、こっちを向きながらやっぱり面白そうに微笑んでいるのであった。

◇

「ね、一条さ、何気に二人だけで話すの初めてだよね？」

　ホームルームも終わりが近付き、自席で一人文化祭のことを考えていると、突然前の席の三木谷さんが後ろを振り向いて話しかけてきた。

　何だか今日はよく見られていた気がするだけに、三木谷さんの方からいきなり話しかけてきたことに、俺は少し動揺してしまう。

「う、うん、そうだね」

「てかさー、一条ってマジで雰囲気変わったよね！」

　その言葉に、俺は何て返したら良いのか分からず、「そうかな？」と愛想笑いをするのがやっとだった。

　ぎこちなくなってしまう俺を見て、三木谷さんはおかしそうに笑う。

「何？　やっぱ一条って、恋しちゃってる感じ？」

「えっ？」

　そして三木谷さんから、からかうように発せられたその言葉に、俺は驚いて思わず声を上げてしまう。

「いや、そんなに驚くことないっしょ、見てれば分かるってての！　――一条さ、三枝さんのこと好きっしょ？」

そして三木谷さんは、俺の図星を突いてくる。

一体何がどうして、三木谷さんにバレてしまったのだろうか……。

俺はここでどう反応すればいいのか分からず、返答に困ってしまう。

「弁当まで貰ってるし、仲いいもんね！　――もしかして、実はもう既に付き合ってたり？」

更に三木谷さんは、核心に迫ってくる――。

不味いと思った俺は、咄嗟に誤魔化すしかなかった。

「いや、まぁ、どうかなハハハ」

――うん、我ながら下手くそ過ぎて泣けてくる……。

しかしここはもう、笑って誤魔化すしかなかった。

「いや、一条分かりやす過ぎだってウケる！　でもさすがに、相手が悪いよねぇー。まぁ、この学校に釣り合う相手なんていないから、こればっかりはしゃーないね」

しかし、全く誤魔化されない三木谷さんは、そう言って俺を励ましてくるのであった。

どうやら三木谷さんも、俺達が本当に付き合っているなんて思っていなかったみたいで、俺はほっと胸をなでおろす。

しかし、もし今の会話をしーちゃんが聞いていたら、きっと俺以上に挙動不審になってしまっていたことだろう。

幸いしーちゃんは、まだ接客担当の人達とお喋り中で助かった。

「あはは、そうだね。弁当も、友達だから貰ってるだけだよ」

「でも、三枝さんから弁当貰うだけでも凄すぎっしょ！　あーあ、わたしも三枝さんの手作り弁当食べてみたぁーい」

そう言って、おどける三木谷さん。

一先ずバレていないことにほっとするも、こうもあっさり納得されるというのもちょっと悲しくなってくる。

でも冷静に考えて、相手は元国民的アイドルのしおりん。

そんな特別な存在が、同じ高校に通っているだけでもあり得ないことだし、そんなしーちゃんと付き合うなんてもっとあり得ないことなのだ。

だから俺自身、未だに実感が湧かないというか、たまに夢なんじゃないかと思うことがあるぐらいだ。

「でもさ、一条って本当にあか抜けたよね！　前も別に悪くなかったけどさ、今はイケメンって感じ？　だからまぁ、自信を持ちたまえ」

すると三木谷さんは、その細い手を俺の肩まで伸ばすと、そう言って励ますように肩をポンポンと叩いてくる。

その結果、身を乗り出した三木谷さんの顔がすぐ目の前に近付いてしまう――。

当然無自覚だろうが、お互いの目が至近距離でバッチリと合ってしまう。

そして同時に、俺は強い視線を感じる。

恐る恐る振り向いてみると、それはやっぱりしーちゃんから向けられた視線だった。

まるで信じられないものを見るように、驚いた表情でこちらをじっと見つめているしーちゃんの姿。

完全に変な誤解を与えていることに気付いた俺は、慌てて三木谷さんから離れる。

「なに？　照れてるの？　可愛いー」

「そ、そうじゃなくって！　顔近いから！」

「あはは、結構初心《うぶ》だねぇー」

「からかうなよ……」

「別にからかってないって！　――だってあたし、結構一条のことタイプだし？」

「……え？」

「あはは、まぁあたし達、席も前後だし今後ともよろしくってことで！」

驚く俺を楽しむように、三木谷さんは悪戯な笑みを浮かべる。

そこで丁度チャイムが鳴り、そのままホームルームは終了するのであった――。

――ツンツン。

後ろから、俺の背中がツンツンとつつかれる。

それはもちろん、ホームルームの終了とともに自席へ戻ってきた、しーちゃんによるものだった。

そして、そのツンツンがいつもより力強く感じられるのは、きっと気のせいではないだろう……。

俺は恐る恐る後ろを振り向くと、そこにはやっぱり不満そうにぷくっと膨れるしーちゃんの姿が待っていた。

「たっくん……三木谷さんと、何話してたの？」

「えーっと、本当に何でもない、ただの世間話です……」

決して俺は、嘘は言っていない。

ただその内容が、俺がしーちゃんに気があることを見破られたことと、俺のことをタイプだとからかわれただけで……。

しかし、しーちゃんがこうして疑ってくるのも当然だった。

彼氏なのに、こうして彼女を不安にさせてしまっていることへの不甲斐なさを抱きつつも、こういう時に適した言葉が分からない自分がもどかしい……。

しかし、その時だった——。

ぷっくりと不満そうに膨れるしーちゃんに対して、声がかけられる。

「あ、三枝さん。今日の放課後だけど、みんなでさっきの話の続きをしたいから、良かったら三枝さんも話し合いに参加できないかな？」

声をかけてきたのは、新島くんだった。

放課後も接客担当の人だけ残って、打ち合わせをしようと言うのだ。

「えっと……うん、大丈夫だよ」

少し困惑しつつも、一瞬でアイドルモードに切り替えたしーちゃんは、ニッコリと微笑みながらその誘いに頷く。

文化祭のためなのだ、一人だけ集まりを断って帰れないのは分かるのだが、このすれ違っている状態で一緒に帰れないということに、俺は少しだけわだかまりを覚える。

でもまぁ、今日は俺もバイトがあるからゆっくりはしていられないため、仕方ないかと受け入れるしかなかった。

後ろの席からは、しーちゃんの溜め息が聞こえてくるのであった。

放課後。

バイトへ向かわなければならない俺は、席を立つとしーちゃんに小声で「頑張ってね」と伝える。

するとしーちゃんは、「あ……」と小さく声を漏らしながら、少し寂しそうな表情を浮かべる。

しかし、やっぱりまだ怒っているのか、すぐにプイッと横を向いてしまうのであった。

そんなわけで、結局しーちゃんとはすれ違ったままの状態で、今日は一人で帰ることにした。

「あ、一条帰るの？　お疲れー！」

すると、そんな俺に向かって三木谷さんが声をかけてくる。

ニッとした笑みを浮かべながら、俺の肩へポンと手を置き、帰りの挨拶をしてくれるのであった。

しかし今は、そんな挨拶もタイミングが悪かった。

恐る恐る後ろを振り向けば、そこにはやっぱり不満そうに頬を膨らますしーちゃんの姿。

そのまま俺と目を合わせることなく、しーちゃんは接客担当の輪へ向かって行ってしまったのであった――。

第三章　すれ違い

「はぁ～」

コンビニのレジに立ちながら、今日何度目かの深い溜め息をつく。

理由はもちろん、しーちゃんと現在進行形ですれ違ってしまっているためだ。

思い返せば、悪いのは全て自分だった。

彼氏が他の女の子と仲良くしているところを見れば、彼女なら不安に思ってしまうのは当たり前だろう。

だからこそ、もっと早くに三木谷さんから離れれば良かったし、ちゃんと説明すれば良かったのだ。

帰り際のことだって、もう少し上手い立ち振る舞いがあっただろう。

しかし、今更後悔したところで全ては後の祭り……。

あの時、しーちゃんに説明すべき適切な言葉が分からなかったことが全てだった。

ここで何を言っても、きっと言い訳にしか聞こえない気がした俺は、結局その言い訳すらまともにできていないのである。

だからこそ、今すぐにでもＬｉｍｅでちゃんと説明したいのだが、生憎今はバイト中のため、スマホをいじることができないのがもどかしかった――。

「はぁ～」

付き合う覚悟を決めていたというのに、ダメダメだなぁ……。

まさかしーちゃんから、Ｌｉｍｅをブロックなんてされてないよなと、何もできないが故にネガティブな考えがどんどん頭を過っていく。

そんな悩める俺だけれど、悩みの種は今日のすれ違いだけではなかった。

それは、接客担当に男子で一人だけ参加している新島くんの存在だ。

今日一日、新島くんを見ていればさすがに分かってしまったのだ。

新島くんは、確実にしーちゃんのことを狙っていると――。

しかし、別に新島くんは何も悪くはないのだ。

事情はあるにしろ、俺達が付き合っていることは秘密にしているのだから、この状態で新島くんに対して文句を言うのは筋違いだろう。

ただ、きっと今もしーちゃんは、そんな新島くんとともに文化祭の打ち合わせをしているのである。

　そのことを考えるだけで、しーちゃんなら大丈夫だと信じつつも、どうしても不安になってきてしまう自分がいるのであった。

　新島くんは、俺から見ても良い男だと思う。

　ルックスはもちろん、文化祭だって実行委員を引き受けてくれて、みんなに分け隔てなく明るく接してくれるのだ。

　そんな新島くんだからこそ、余計にこうして不安にもなってしまうのだろう。

　これが所謂《いわゆる》、恋煩《こいわずら》いってやつなのだろうか——。

「はぁ～」

　とりあえず今は、ちゃんと帰ることができたかどうかだけでも確認したいなと思いながら、俺はまた深く溜め息をつくのであった……。


　ピロリロリーン。

　聞き慣れたメロディーとともに、一人のお客様が店内へ入ってくる。

　俺は気を取り直して、「いらっしゃいませ～」と声をかけつつ、やってきたお客様の姿を確認する。

　するとそこには、キャスケットを深く被り、縁の太い眼鏡にマスクをした、不審者スタイルの女性がいた。

そう、それはもしかしなくても、変装したしーちゃんだった――。


付き合いだしてから、初めての不審者スタイル。

きっと変装しているのは、今俺達が少しすれ違ってしまっているためだろう。

けれど、どうしてまた変装までしてコンビニへ現れたのか、その理由が分からなかった。

きっと何か理由があるのだろうが、一先ずこうしてコンビニへ姿を見せてくれたことにほっとしている自分がいた。

そんなわけで、不審者スタイルでやってきたしーちゃんだが、被っているキャスケットのツバを指で摘まむと、顔を隠すように雑誌コーナーの方へ向かって行く。

そして、いつも通り雑誌を手に取ると、ペラペラとページを捲りながら立ち読みを始める。

しかし、よく見てみると雑誌を読んでいるわけではなく、ページをペラペラ捲っているだけで横目でこちらを見ているのが分かった。

――この感じ、前にもあったような気がするな。

以前なら、そんなしーちゃんの挙動不審な行動を面白がって観察できたのだが、今はただ気まずさを感じてしまう――。

だから俺は、そんなしーちゃんから見えない位置に移動する。

「はぁ～」

どうしよう……。

俺はしゃがみながら、この場をどうしたものかと考える。

とりあえず、今の変装したしーちゃんは、正体がバレてはいないと思ってるはずだ。

だから俺のすべきことは、これまで通り気付かないフリをして、普通にお客様として接することだろう。

そんな、何も解決はしていない状況整理が済んだ俺は、気持ちを引き締めながら立ち上がる。

するとレジの前には、ついさっきまで立ち読みしていたはずのしーちゃんの姿があった。

「お、お願いします！」

あまりにも早過ぎるその買い物。

カゴに目を向けると、中にはお茶のペットボトルが一つだけ入っていた。

急に現れたことに、内心ではかなり戸惑いつつも精算を始める。

しーちゃんも急いできたようで、少しだけ息を切らしながら肩を上下に揺らしていた。

よくよく考えてみれば、別にそんなに急ぐ必要があったのだろうかと、その挙動不審っぷりは今日も健在だった。

「え、えっと、百二十八円になりま——」

「これでっ！」

俺の声に被せるように、しーちゃんは財布から千円札を取り出してシュバッと差し出してくる。

こんな状況でも、やっぱり千円札なんだねと思いながら、俺はその千円札を受け取り精算を済ませるとお釣りを差し出す。

するとしーちゃんは、いつも通りお釣りを差し出す俺の手を、両手で大切そうに包み込んでくる——。

「あ、あの……」

「は、はい……なんでしょうか……」

「店員さんは、その……今、好きな人とかいますか……？」

手を包み込んだまま、話しかけてくるしーちゃん。

眼鏡の奥の目は少し泳いでおり、マスク越しにも緊張している様子が窺えた。

不安そうに、そして挙動不審になりながらも、わざわざ変装までしてやってきたしーちゃんから投げかけられたその質問。

だからこれは、しーちゃんにとってはそれだけ重要なのだと受け止めながら、俺はしっかりと返事をする。

「はい、いますよ」

「……そ、そうですか。店員さんは、その人のことをどう思っていますか……？」

しーちゃんの手の震えが強まる――。

それは、自分に自信がないからなのか、はたまた三木谷さんとの関係を疑っているからなのかは分からないが、それだけ不安に思っているということは確かだった。

――ごめんね、しーちゃん。不安にさせちゃったよね。

俺はその震える手を両手でぎゅっと握り返しながら、自分の気持ちをはっきりと伝える。

「もちろん、大好きですよ。世界一可愛くて、世界一大好きで、自分には勿体ないぐらい、世界一大切な彼女です。彼女以外の女性に、興味なんてありません」


上手く言えたかは分からない――。

それでも俺は、しーちゃんに対する溢れ出る気持ちを、しっかりと言葉に乗せて伝えた。

俺の返事を聞いたしーちゃんはというと、何だかぽーっとしている様子だった。

しかし、すぐに我に返ったしーちゃんは、慌てて手を離してお釣りを財布へしまう。

それから慌てて頭を下げると、そのまま足早にコンビニから出て行ってしまうのであった。

そんな最後まで挙動不審だったしーちゃんの背中を、俺はただ見送ることしかできなかった。

あっという間の出来事だったけれど、去り際のしーちゃんの顔はマスク越しでも分かるぐらい真っ赤に染まっていた。

その反応から察するに、気持ちはちゃんと伝えることができたかなと、少しだけ安心することができたのであった。

次の日。

俺はいつも通り支度を済ませると、いつも通り学校へと向かう。

そんなこれまでと何も変わらず教室へ到着した俺は、廊下側から見て二列目の、後ろから二番目の新しい自分の席へと向かう。

そして俺の席の一つ後ろの席には、今日も俺より先に登校しているしーちゃんの姿があった。

俺がやってきたことに気付いたしーちゃんと、しっかりと目と目が合う――。

「おはよう、しーちゃん」

「うん、おはようたっくん」

俺の挨拶に、しーちゃんはふんわりと微笑みながら挨拶を返してくれる。

それは、これまで通りの普通の挨拶だった。

昨日は些細なことですれ違ってしまったけれど、今では元通りの関係……いや、むしろ前よりもお互いを信じ合える関係に成長することができているのであった。

◇

時は遡り、昨日の晩。

バイトを終えた俺は、お風呂や夕ご飯を取るより先に、自室で自分のスマホと睨めっこをしていた。

今日は挙動不審になってしまいながらも、わざわざバイト先まで来てくれたしーちゃん。

だから今度は、俺からちゃんと今日の件の説明と、これからのことをしっかりと話したいと思っている。

しかし、そう思ってはいるのだが、まず何て会話を切り出したら良いのか分からず、まだ電話はできていないのであった。

――いいや、もう良いから電話をかけよう！

そう覚悟を決めた、その時だった。

通話ボタンを押すより先に、一件のＬｉｍｅが届く。

『たっくん、ごめんなさい』

それはしーちゃんからのＬｉｍｅで、内容はまさかのしーちゃんからの謝罪だった。

ごめんなさいとは何に向けてなのか、それが分からなかった俺は、ここでも自分の不甲斐なさに嫌気が差してくる。

――もしかして、別れのごめんなさい、とか……？

不安から、ネガティブな考えまで湧き上がってきてしまう。

そんなことはないと信じつつも、自信のない自分もいるのであった。

でも、いずれにせよこのままではいられないのだ。

俺は覚悟を決めて、しーちゃんからのＬｉｍｅに返信をする。

『しーちゃんが謝ることないよ、不安にさせちゃった俺が悪いんだから』

だから、しーちゃんは何も悪くなんてない。

まずはそう返信すると、すぐに既読がついた。

その速さにちょっと焦りつつも、俺はちゃんと気持ちを伝えなくてはと言葉を続ける。

『俺が好きなのは、しーちゃんだけだよ。だからもし良かったら、このあとちょっと通話できないかな？』

まずは、しーちゃんの声を聞きたかった。

それに文章だと、さっきネガティブな考えが頭を過ったように、誤解が生まれたり本当の気持ちが伝わらなかったりするから。

だから俺は、文章ではなく言葉でちゃんと想いを伝えるべく、しーちゃんを通話に誘った。

ドキドキしながら返信を待っていると、少し間を空けてスマホの着信音が鳴り出す。

それはもちろん、しーちゃんからの着信だった。

俺はドキドキしながらも、通話ボタンを押す。

「も、もしもし、しーちゃん？　──えっと、ごめんね、こんな夜中に」

「……」

「し、しーちゃん？」

「……なさい」

「……え？」

通話の向こうで、しーちゃんのか細い声が聞こえてくる。

よく聞き取れなかったが、その言葉に俺は嫌な予感がしてしまい、全身の毛穴がぶわっと開くような、嫌な危機感に駆られてしまう──。

もしも今の言葉が、「ごめんなさい」だったら……。

それは今、俺が一番恐れている言葉に他ならないから……。

まだこの関係を終わらせたくないと強く願いながら、俺はしーちゃんの言葉を待った──。

「ごめんなさぁい!!　わたし、嫉妬してだぁ!!」

だが、通話の向こうから聞えてくるその声は、まさかの泣き声だった。

号泣に近い泣き声とともに、嫉妬していたことを謝るしーちゃん。

「だ、大丈夫しーちゃん!?」

「大丈夫じゃないよぉ！　わたし、嫉妬して嫌な子だったぁ!!」

全てを吐き出すように、電話の向こうで号泣するしーちゃん。

けれど、しーちゃんが泣いている理由が嫉妬だと言うなら、やっぱりしーちゃんは何も悪くない。

そう思わせてしまった、俺が全部悪いのだから。

だからこそ、大好きな彼女をこうして泣かせてしまっていることが、俺は悔しくて悔しくて堪らなかった。

「そんなことないよ……。こんなにもしーちゃんを不安にさせた、俺が全部悪いんだから」

だから、どうかもう泣かないで欲しい。

そう願いつつ、俺はもう一度自分の気持ちを言葉で伝える。

コンビニの店員と客としてではなく、今度はちゃんと彼氏と彼女として――。

「――俺が好きなのは、しーちゃんだけだよ」


だからこれからも、二人で一緒にいよう。

そう願いながら、Ｌｉｍｅの文章だけではなく、言葉でしっかりと自分の気持ちをしーちゃんに伝える――。


「わたしも、だっくんが好き!!　大好きぃ!!　うわぁ――――ん!!」


気持ちがしっかり届いたのだろうか、しーちゃんは更に号泣してしまった。

でもその涙は、先ほどまでの悲しみによるものではなく、嬉しさからくる涙に変わっていた。

こんなに号泣してしまうほど、しーちゃんは真剣に想ってくれている。

それが痛いほど伝わってきた俺も、嬉しくて、愛おしくて、一緒に涙が零れ落ちてきてしまう。

こうして、お互いの気持ちを伝え合った俺達は、それから今回の反省点について素直に

話し合った。

そのおかげで俺達は、しっかりと向き合いながらお互いの気持ちを確かめ合うことができた。

付き合っていくうえで、きっとこれからもこうしたすれ違いは起きていくのかもしれない。

だからこそ俺は、これからも自分の気持ちに真っすぐでありたいと思う。

この大切に思う気持ちだけは、これからもずっと届けられるように――。

◇

「あの、ね？　昨日はその……ごめんね？」

「ううん、俺の方こそごめん」

少し恥ずかしそうに、昨日の件を謝ってくるしーちゃん。

けれど悪いのは俺の方だから、俺もしーちゃんに謝る。

こうして二人で謝り合っているのが何だかおかしくなって、二人同時に吹き出すように笑い合う。

この笑いで、昨日までのことは全部帳消しにしよう。

わざわざ言葉にしなくても、お互いそんな気持ちを確かめ合うように、見つめ合いながら笑い合った。

「あ、おはよー一条！　今日もイケてんねぇ！」

鞄から教科書を取り出していると、遅れて教室へやってきた前の席の三木谷さんが朝の挨拶をしてくる。

昨日までの俺であれば、後ろにいるしーちゃんのことを気にして、上手く対応できなかっただろう。

けれど、今の俺はもう大丈夫。

「おはよう三木谷さん。別にイケてはないけどね？」

俺は三木谷さんの言葉に、そう言って笑いながら挨拶を返す。

すると、そんな俺からの返事を受けた三木谷さんは、何故かきょとんとした表情を向けてくる。

「……あれ？　一条って、そんな風に笑うっけ？」

「あはは、俺だって笑うことぐらいあるよ」

「ふーん、今のはちょっとだけ、キュンとしちゃったかも――」

自分の椅子に逆向きに座り、俺の机を挟んで向かい合う三木谷さんは、そう言ってニカッと微笑む。

その頬はほんのりと赤く染まっており、それがただのリップサービスではないことが何となく分かった。

これも昨日までの俺なら、そのキュンとしたという言葉とこの近すぎる距離感に、きっと困惑してしまっていたに違いない。

けれど、今の俺はもう困惑しない。

何故なら、自分はしーちゃんの彼氏なのだと、胸を張って言える自信を持てているから。

だから俺は、そんな三木谷さんの言葉にも笑って返す。

「だったら、もっと笑わないと損だね」

そんな俺の言葉に、三木谷さんの顔が見る見る赤く染まっていくのが分かった。

そして――、

「うん、たっくんの笑顔は反則だよね！　あっ、もちろん、笑ってなくても素敵なんだけどね♪」

俺と三木谷さんの間に割り込むように、しーちゃんが会話に加わってきた。

そんな、まさかのしーちゃんが加わってきたことに対して、三木谷さんは分かりやすく驚いていた。

「は？　え？　さ、三枝さん!?」

「うん、おはよう三木谷さん」

「え、あ、うん。おはよう……」

俺が一方的に、しーちゃんに対して気があるだけだと思っていた三木谷さん。

だからこうして、まさかしーちゃんの方から会話に加わってくるとは思わなかったのだろう。

三木谷さんは戸惑うように、しーちゃんの姿を見て固まってしまっていた。

それ程までに、この学校においてしーちゃんという存在が特別なのだということを、三木谷さんのその反応が物語っていた。

「三木谷さんも、たっくんの良さに気付いちゃった感じかな？　じゃあ、わたし達気が合いそうだね！」

そう言って、三木谷さんに微笑みかけるしーちゃんは、「それじゃあね」と一言残して教室から出て行った。

「……これはさすがに、予想外だったかなぁ」

去り行くしーちゃんの背中を見送りながら、三木谷さんはそう小さく呟く。

その表情は、完全に何かを諦めたようでありつつも、どこかすっきりしているようにも感じられた。

「いくらなんでも、相手が悪すぎっしょ……。でもまぁ、まだのめり込む前だからセーフ的な？」

そして三木谷さんは、そう言って少し困ったような笑みを向けてくる。

その言葉の意味ぐらい、俺だってさすがに分かっている。

だから俺は、そんな力なく笑う三木谷さんの言葉に返事をする。

「三木谷さんはさ、いつも気さくで明るくて、それに凄く美人だし、正直非の打ちどころがないぐらい素敵だと思うよ。――それでもさ、俺が好きな相手は一人だけなんだ」

俺の言葉に、三木谷さんは納得するように一度頷くと、それから気が抜けるように一度大きく伸びをする。

「――いや、別にあたし、告《コク》ってねーっての。――でも、ありがとね。今の言葉は、素直に嬉しかったよ。前半だけねっ！」

そう言って、吹っ切るように笑う三木谷さんの姿は、本当に美しかった。

こうして俺達は、改めて友達として仲良くしようと握手を交わして笑い合った。

そんな俺達のことを、いつの間にか戻って来ていたしーちゃんは、俺にだけ見える位置で優しく微笑みながら、見守ってくれているのであった。

◇

放課後。

今日こそはしーちゃんと一緒に帰ろうと帰り支度をしていると、新島くんがしーちゃんの元へとやってくる。

「三枝さん。今日もこれから、接客担当のみんなで昨日の続きを話し合おうと思うんだけど、時間は大丈夫かな？」

そして新島くんは、今日も文化祭の打ち合わせにしーちゃんのことを誘ってくるのであった。

俺が配属された厨房担当は、料理が得意な女子がレシピの叩き台を作ってきてくれることになっているため、わざわざ放課後にまで集まって話し合う必要はない。

つまり、今日もしーちゃんが文化祭の打ち合わせに取られてしまうのならば、俺はまたしても一人で帰ることになってしまう。

　しーちゃんに目を向けると、珍しく人前でも困った表情を浮かべながら、横目で俺の方をチラチラと見てきているのが分かった。

　きっとしーちゃん的にも、今日は俺と一緒に帰りたかったのだろう。

「えーっと、昨日の打ち合わせで、ほとんど話し合いは済んだような気がしてたんだけど……？」

「あー、うん。そうなんだけどね、次はみんなのタイムスケジュールとか整理したいなと思って。同じ担当で男は僕だけだし、ちょっと立ち回りが難しいところとかあってね」

　だから申し訳ないけれど、参加して貰えるかなと微笑む新島くん。

　しかし俺からしてみれば、上手いこと男は新島くんだけになるように仕向けていたような気がしてならないのだが、それでも話し合いの目的はあくまで文化祭のことだと言うのならば、担当外の俺が口を挟むのは躊躇《ためら》われた。

　今日こそは一緒に帰りたかったのだけれど、しーちゃん一人だけ参加しないわけにもいかないだろうし、ここは我慢するしかないのだろう……。

　それはしーちゃんも同じようで、諦めるように小さく溜め息をつくと、アイドルスマイルを浮かべながら口を開く。

「そっか、それじゃあわたしも――」

「あーごめん、あたし今日はパス」

しかし、しーちゃんが参加すると言いかけたところで、前の席の三木谷さんがそう言って立ち上がる。

「あたし、これから普通にバイトだし。まだ時間はあるんだから、次のホームルームで話し合えば良くない？」

「いや、みんなの予定もあるだろうし、決められるところは早めに決めておいた方がいいと思うんだ」

「ふーん。まぁ、それはそうかもしれないけどさ、だったら今だってみんな都合があるんじゃない？　部活で来られない子もいるのに、あたしらだけでスケジュールも決めらんないっしょ？」

そんな、あまりにご尤も過ぎる三木谷さんの言葉に、新島くんは言葉に詰まってしまう。

言われてみれば、三木谷さんの言う通りだった。

既に孝之と清水さんの二人は一緒に部活へ向かったあとだし、他の接客担当の子達も何人かは既に教室に姿はなかった。

その状態で、残っている人達だけでスケジュールは決められないだろう。

でもきっと、それも新島くんの狙いだったのだと思う。

決まらないけれど、必要な打ち合わせの場を設けることで、しーちゃんと過ごす時間を作ろうとしているのだろうと――。

だから新島くんも、ここで簡単には引き下がらない。

「ほら、男子は僕だけだからさ、その辺の立ち回りの相談もしたかったんだ。それなら、全員いなくても考えられるでしょ？」

スケジュールの話が駄目なら、今度は男一人であることを理由に話を持ち出すのであった。

「男しかできないことって、例えばなに？」

「それはほら、昨日の話し合いの通り、やっぱり女子達に変な目を向けてくるお客さんが現れないとも限らないから、見張りも兼ねて僕も接客に回るって話だったよね。それでも、僕だってずっとお店にいるわけにもいかないだろうから、その辺の立ち回りっていうか、まずは僕のいられる時間を決めたうえで、スケジュールの叩き台だけでも作りたいって思ったんだ」

「ふーん、なるほどね。だったらそれって、そもそも男が健吾《けんご》だけなのが問題なんじゃない？」

新島くんの説明に、三木谷さんは鋭い指摘を入れる。

三木谷さんの言う通り、接客担当に男が新島くん一人しかいないことが、そもそもの問題なのだ。

三木谷さんは、俺の方を見ながらニヤリと微笑む。

それが何を意味するのか、今の流れを聞いていれば俺も何となく察しがついてしまう。

そしてそれは、しーちゃんも同じだった。

しーちゃんと三木谷さんの二人は、互いにアイコンタクトを交わして微笑み合う。

そして――、

「だったら、たっくんにも接客担当に入って貰おうよ？」

「賛成ー！」


しーちゃんの提案に、三木谷さんも即答で賛成する。

そんな予想通りの流れに、新島くんは困惑しているのが分かった。

「いや、でもほら、一条くんは厨房担当だし、そっちも忙しいんじゃ……？」

「んー、いや、うちの担当は準備が大変なだけで、あとは楽だよ。当日はフライパン一つしかないしね」

嘘は言っていない。うちの担当は、食材などの準備が大変なだけで、あとはフライパンも一つしか用意できないことだし、ほとんどやることがないのだ。

だから俺は、しーちゃんと三木谷さん二人からの提案を受け入れることにした。

それはクラスのためでもあるし、何よりしーちゃんと同じ担当になれることが素直に嬉しいから。

それにこのまま、新島くんの独擅場《どくせんじょう》にしておくわけにいかないしね。

「じゃあ決まりだね！　男性スタッフの衣装もまだ借りられるから、よろしく一条！」

そう言うと三木谷さんは、笑いながら俺の背中をバシッと叩いてくる。

しーちゃんはしーちゃんで、俺と同じ担当になれたことが嬉しいようで、手をブンブンと振りながら一人喜びを爆発させていた。

「てことで、健吾の悩みも無事に解消されたことだし、あたしはバイト行ってくるよ！　じゃあね！」

そして話は済んだとばかりに、三木谷さんはウインクとともに教室から去って行くのであった。

こうして三木谷さんがいなくなったことで、今日の打ち合わせはなしの流れとなり、他の女子達も教室から出て行く。

「じゃあ、わたし達も帰ろっか。またね、新島くん」

そして決め手は、しーちゃんのその一言だった。

自分の鞄を手にし、俺に帰ろうと声をかけてくるしーちゃんに向かって、新島くんは慌てて引き留める。

「ま、待って欲しい！」

「なにかな？」

「三枝さんは、その……一条くんと、どういう関係なんだ？」

新島くんは、苦しそうな表情を浮かべながらも、ストレートにそんな質問をしーちゃんにぶつける。

それは確実に、俺としーちゃんとの関係を疑っているからだろう。

「秘密」

「え？」

「秘密だよ。じゃ、たっくん行こっ！」

しかし、そんな新島くんからの質問も、しーちゃんはアイドルスマイルを浮かべながらさらりとスルーする。

そして、すっと俺の隣にやってくると、一緒に帰ろうと微笑みかけてくるのであった。

その微笑みは、たった今新島くんに向けられた微笑みとは違い、嬉しさの滲み出た自然な微笑み。

無事に一緒に帰れることを喜ぶように、ほんのりと頬を赤く染めながら微笑むその姿は、他のみんなには決して見せることのない俺にだけ向けられる特別な笑みだった。

そんな、あまりにもハッキリとしたしーちゃんの振舞い。

俺はちょっと呆気にとられながらも、一緒に扉へ向かって歩き出す。

「秘密って……それって、もう……」

去り行く俺達に向かって、新島くんの諦めるように呟かれた声が聞こえてくるのであった——。

第四章　デート

文化祭の打ち合わせがなくなったことで、無事しーちゃんと一緒に下校できることとなった。

とは言っても、別に何があるわけでもない。

いつもの帰り道を一緒に歩いて帰るだけなのだが、それでも今の俺にとってはそれだけで嬉しいことだった。

そしてそれは、しーちゃんも同じだった。

弾むような足取りで、嬉しそうに隣を歩くしーちゃんはとにかく可愛かった。

些細なことですれ違ってしまった俺達だが、本音で気持ちを語り合うことができたおかげで、こうしてお互いの心の距離をより近づけることができたのだ。

しかし、まさかしーちゃんが俺に対して嫉妬するとは思いもしなかったのだが、今思えばその考え自体が誤っていたのだ。

だって、俺達は今付き合っているのだから。

好きな相手が他の異性と仲良くしていれば、当然気になるし嫉妬だってするのは至って自然なこと。

それは、たとえスーパーアイドルで、誰からも人気があって常にみんなの中心にいるような存在だとしても同じなのだ。

しーちゃんだって、同じ一人の女の子なのだということを、俺は今回の件を通じて本当の意味で理解することができた。

「えへへ、文化祭も一緒の担当になれたね！　嬉しいなっ！」

その言葉通り、本当に嬉しそうに微笑みかけてくるしーちゃん。

だから俺も、そんなしーちゃんに向かって微笑みを返しながら一緒に笑う。

そう、成り行きとはいえ、俺もしーちゃんと同じ接客担当を兼務することになったのだ。

厨房担当と掛け持ちになってしまうため、引き受けた以上はしっかりと両方を努めなければならない。

ただそのうえで、俺にとってこれは嬉しいことだった。

正直に言えば、まだ本当にしーちゃんがメイド姿で接客しても大丈夫なのかという不安がある。

だからこそ、俺も一緒にウェイターとして同じ場所にいられれば、いざという時に動けるだろうという安心感があるのだ。

それにやっぱり、彼女であるしーちゃんと一緒に何かできるということが、そもそも嬉しいのだ。

夏休みは終わってしまったけれど、俺はこれからもしーちゃんと一緒に色んなことを経験していければと思っている。

だからこそ、まずはこの文化祭を一緒に目一杯楽しもう。

そう心の中で改めて決心していると、しーちゃんが制服の裾をクイクイと引っ張ってくる。

「ねぇたっくん。ちょっとだけ、寄り道していかない？」

そう言って、しーちゃんが指さした先にあるのは駅前のショッピングモール。

そんなしーちゃんからの可愛いお願いを、俺は断れるはずがなかった。

というより、正直俺ももう少し一緒にいたかったから丁度良かった。

もちろんオッケーだよと返事をすると、しーちゃんは満面の笑みを浮かべながら喜んでくれた。

そんな風に、本当に嬉しそうにしてくれるしーちゃんの姿に、俺の心も幸せで満たされていく。

きっとこの愛おしい笑顔の前では、俺はいつまで経っても慣れることなんてないのだろうなと思いながら——。

◇

駅前のショッピングモールへとやってきた。

それほど大きいわけではないが、それでも一通りのお店は揃っているため、一緒にちょっとブラブラするには丁度良かった。

「あっ！　ねぇたっくん、あそこ行ってもいい？」

そう言ってしーちゃんが指差すのは、女性ものの服屋さんだった。

当然いいよと返事をすると、しーちゃんに腕を引っ張られながら一緒にその店内へ入ることとなった。


「いらっしゃいませー」

店に入るとすぐに、女性の店員さんが声をかけてきた。

正直、こういうグイグイくる接客はちょっと苦手だったりするのだが、しーちゃんは特に気にする素振りも見せず「どうもー」と返事をしながら、楽しそうに服を選び出すのであった。

「あ、お客様でしたら、今年はこういうニットが流行ってますし、絶対にお似合いですよ……というか、本当に似合い過ぎるっていうか、よく見ると物凄く可愛すぎるんじゃ……えっ、ウソ!?」

全くめげることなく、売り出し中の商品をオススメしてくる店員さん。

しかし、最初はこなれた感じで説明していた店員さんも、次第にしーちゃんの姿に驚きを隠せなくなる。

そして店員さんは、恐る恐るといった感じで口を開く。

「も、もも、もしかして、エンジェルガールズのしおりん、ですか……？」

「はい、そうですよ。もう引退していますけどねっ」

店員さんからの質問に、ニッコリとアイドルスマイルで返事をするしーちゃん。

一応今も伊達メガネで変装はしているものの、これだけ近くで見ていればさすがにバレてしまったようだ。

もう諦めているのか、あっさりと正体を認めたしーちゃんに、店員さんは声を上げながら驚いていた。

驚きながら飛び退くその姿は、これが他人事ならば百点満点のリアクションだった。

「や、やっぱり！　わ、わたし！　昔からしおりんの大ファンなんです！　ＣＤだって全部持っています!!」

「そうなんですか？　ありがとうございます」

なんとか気を取り直した店員さんは、もう接客のことなんて頭になくなってしまったようで、ちょっと興奮気味にしーちゃんの大ファンだと鼻息荒く告白している。

そんなちょっと取り乱している店員さん相手にも、変わらずニッコリと微笑みながらお礼を言うアイドルモードのしーちゃんは、最早さすがの一言だった。

こういうしーちゃんを見る度、やっぱりしーちゃんはスーパーアイドルで、本来は雲の上の存在なんだよなということを実感させられる。

「ね、ねぇ！　たっくん！」

しかし、そんな雲の上の存在であるしーちゃんはというと、先ほど店員さんにオススメされた白のニットと、袖の部分がレースになっている黒のトップスの二つを両手に持ちながら、恥ずかしそうに声をかけてくる。

これはもしかすると、定番のあれだろうかと思っていると……、

「ど、どどどど、どっちが、に、似合うかな!?」

案の定しーちゃんは、俺の恐れていた究極の二択を質問してくるのであった――。

しかし、その表情は先程までのアイドルモードが嘘のように、引きつったような変な笑みを浮かべており、どこからどう見ても挙動不審そのものなのであった。

しかし、どうしたものか……。

よくアニメや漫画などで目にする究極の二択を、まさか現実で自分がされるとは思いもしなかった……。

こういう場合、よく目にするのが『女性は答えを求めているわけではない』とか『聞く前から答えは出ている』など、男からしてみれば『だったらなんで聞くんだ!?』と思わず言いたくなるような情報が流れていたりするのだが、しーちゃんの場合はどうなのだろうか。

目の前で挙動不審を発揮しているしーちゃんからは、その真意なんて読み取れるはずもなかった。

だからここはもう、自分の感性を信じるしかない。

素直に自分の感性に従い、自分だけの答えを導き出すことにした。

まずは、白のニットを着ている姿を想像してみる。

――うん、めちゃくちゃ似合うに違いない。

可愛らしい印象で、しーちゃんのふわふわした感じにもピッタリだった。

次に、黒のトップスを着ている姿も想像してみる。

――うん、こっちもめちゃくちゃ似合うに違いない。

ニットとは対照的に、少しセクシーで大人っぽい印象のそのトップスは、やはりしーちゃんにはバッチリ似合うに違いなかった。

というわけで、自分の感性に素直に従ってみた結果、どちらも最高だという結論しか出ないのであった。

だから俺はもう、あとは自分の好みで答えることにした。

「どっちも絶対に似合うと思うけど……ニ、ニットかなぁ」

悩みに悩んだ結果、俺はニットを選んだ。

今日の俺は、綺麗なしーちゃんより可愛いしーちゃんの方に、ちょっとだけ気持ちが傾いていたからという理由で。

それはきっと、今日はいつも以上に楽しそうで、可愛いしーちゃんに引っ張られているせいだろう。

「そ、そっか！　じゃあ、このニットにしようかな！」

するとしーちゃんは、俺の心配を他所にニットの方を買うことに即決する。

そんな、あまりにも早過ぎる決断に、俺は逆に不安になってきてしまう。

「え？　本当にそっち買うの？」

「うん！　だって、たっくんがちゃんと考えて選んでくれたものだから」

そう言って、大切そうにそのニットをぎゅっと抱きしめるしーちゃん。

そんなことを言われてしまっては、俺にはもう何も言うことはなかった。

こうしてしーちゃんは、すっかり接客を忘れてしまっている店員さんに声をかけると、そのままお会計をすべくレジへと向かう。

「待ってしーちゃん。じゃあ、ここは選んだついでにプレゼントさせて貰うよ」

そう言って俺は、鞄から財布を取り出そうとするしーちゃんの手をそっと押さえる。

「え？　い、いいよ！　悪いよ！」

「いいから、たまには彼氏らしいことをさせて下さい」

当然断ろうとするしーちゃんだが、俺は「ね？」とダメ押しのウインクを付け加える。

すると、しーちゃんも分かってくれたのか、顔を赤くしながらも小さくコクリと頷いてくれた。

「そっか、やっぱり貴方がしおりんの彼氏さん、ですか…………うん！　何も関係ないですけど、一人のしおりんファンとして、君なら言うことなしですねっ！」

俺達のやり取りを一部始終見ていた店員さんは、そう言って納得するようにグーポーズをしてくれた。

バレてしまったのは失敗したけれど、こうして初対面の人にも彼氏として認めて貰えたことは素直に嬉しかった。

隣のしーちゃんはというと、もうバレてしまったから人目は気にしなくてもいいと思ったのだろう。

「はい！　昔からずーっと大好きな、世界一の彼氏なんです！」

俺の腕に抱き付きながら、満面の笑顔とともに全力で惚気《のろけ》てくれるのであった。

◇

先ほど購入した洋服の入った手提げ袋を、ルンルンと嬉しそうに眺めながら隣を歩くしーちゃん。

向けてくる笑みは本当に嬉しそうで、見ているだけでこっちまで自然と笑顔にさせられてしまう。

それ程高いプレゼントではないのだが、それでもこんなにも嬉しそうにしてくれるのだから、プレゼントして良かったとこっちまで嬉しくなってきてしまう。

そんな、今日も可愛さが限界突破しているしーちゃんと一緒に、それからもショッピングモールを見て回る。

何をするわけでもないけれど、しーちゃんと一緒なら雑貨屋や本屋を見て回っているだけで楽しかった。

それから暫く歩き回った俺達は、フードコートでちょっと休憩していくことにした。

夕飯時で少し小腹も空いてきたため、せっかくだからとフードコートでたこ焼きを一つだけ買い、一緒に食べることにした。

「じゃあたっくん、アーン」

最初の一つは、しーちゃんからのアーンだった。

しかし、俺は知っているのだ。

たこ焼きというのは、見た目は普通でも、大体が中は激熱であるということを……。

それでも俺は、こうしてしーちゃんが楽しそうにアーンとたこ焼きを差し出してくれているのであれば、ここでこれを食べないわけにはいかなかった。

俺は覚悟を決めて、割と大玉のそのたこ焼きを一口で口に含む――。

「あふっ！」

「あっ！　ご、ごめんね、熱かった!?」

案の定そのたこ焼きは、外はサクッと、中は溶岩のように激熱だった。

熱がる俺を心配するしーちゃんが、慌てて水の入った紙コップを差し出してくれる。

俺は既に口がいっぱいなのだが、強引に口に水を含みなんとか激熱を熱々ぐらいに口の中で緩和させる。

「ありふぁと、しーふぁん」

俺の無事を確認すると、しーちゃんはほっと一息つく。

それから激熱のたこ焼きを睨みつけながら、しーちゃんもたこ焼きを恐る恐る自分の口へと運ぶ。

「あっついっ！」

少しかじり、その激熱さに驚くしーちゃん。

そしてしーちゃんは、たった今この激熱たこ焼きを一口で食べた俺のことを、信じられないものを見るような目で見つめてくるのであった。

俺だって、普段なら絶対に一口でなんて食べられないし、そんな信じられないような顔をされても困るんだけどね……。

幸い口の中を火傷《やけど》しなかったため、まぁ結果オーライだ。

それに、味はちゃんと美味しかった。

ただこれは、決して出来立てを一口で食べるものではない。

だから残りのたこ焼きは、二人でじっくりと時間をかけて冷ましながら、美味しく頂いたのであった。

熱そうにしながらも、美味しそうにたこ焼きを食べているしーちゃんの仕草一つ一つが可愛くて、そんな姿を見ているだけでやっぱり幸せで満たされるのであった。

◇

帰宅した俺は、ご飯とお風呂を済ませると、それから自分のベッドに大の字に寝転がる。

今日は本当に色々あったけれど、終わってみれば良い一日だった。

思い返してみると、しーちゃんはいつも微笑んでくれていた。

やっぱり俺は、しーちゃんの笑っている姿が一番好きだ。

だからこそ、明日からも沢山笑ってくれたらいいなと思っていると、枕元に置いたスマホの通知音が鳴る。

何だろうと思い、俺はすぐにスマホを確認する。

もしかして、しーちゃんからのＬｉｍｅだろうかと思ったのだが、残念ながらその送り主はしーちゃんではなかった。

『いきなりだけど、話があるの』

それは、知らない人からの突然のＬｉｍｅだった。

宛先を間違えているのだろうかと思ったが、俺のアカウントはここ数年変えていないから、誰かの昔の電話番号と間違えている可能性は低いと言える。

だったら、電話番号の登録ミスとかだろうかと思いつつも、俺はそのＬｉｍｅのアカウントを確認する。

「Ａｋａｒｉか……そんな知り合いいたかな？」

アイコンはウサギのぬいぐるみの写真で、そのアイコンと名前から察するに恐らく相手は女性だろう。

俺の知り合いに、アカリなんて名前の女性がいただろうかと記憶を巡らすも、残念ながらそんな知り合いは一人もいなかった。

というか、これまでの俺の人生において、異性の知り合い自体ほとんどいないのだ。

それこそ、俺の知っているアカリという名前の人物なんてと思ったところで、俺は一人の人物を思い出す。

でもその人物が、俺にＬｉｍｅを送ってくるはずはないのだ。

だからその線はあり得ないし、これは十中八九宛先ミスだろうと思っていると、再び同じ人物からＬｉｍｅが届く――。

『あ、ごめん名乗ってなかったね。あかりんです。エンジェルガールズの新見彩里《しんみあかり》です』

追加で送られてきたその一文を見て、俺はただただ驚くしかなかった。

知っている人で良かったという安心感なんてどうでも良くなる程の、まさかの超有名人からのＬｉｍｅ。

なんでいきなりあかりんが!?　と、既に訳が分からなくなってしまいつつも、既読を付けてしまっている以上、ここで返信しないわけにもいかなかった。

『お久しぶりです。それで、話ってなんでしょう?』

よし、とりあえず送信……って、何で俺は現役エンジェルガールズのリーダーであるあかりんと、普通にＬｉｍｅをしているのだろうか……。

とりあえず、あかりんが俺に何か話があるとすれば、それはまずしーちゃん絡みのことだろう。

しーちゃん本人には言えないけれど、現在一番近くにいる俺に頼みたいことがあるといったところだろうか。

ただ、まだこれが本当にあかりん本人かという疑問もあるため、ひとまず用件を確認することにした。

そもそも、あかりんが俺の連絡先を知っていること自体がおかしい……と思ったが、一つだけ心当たりがあった。

それは以前、しーちゃんの家にあかりん達がお泊りした時のこと。

しーちゃんのスマホからだけど、あかりんから俺宛にしーちゃんの寝顔写真が送られてきたことを思い出す。

つまりあかりんは、あの時俺のＬｉｍｅのＩＤを控えることは可能だったのだ。

だからこれが、本当にあかりん本人である可能性は否定できないのであった。

『いきなりごめんね！　話ってのは、もちろんしおりんのことなんだけど』

あかりんから、すぐに返信が届く。

そしてその本文には、予想通りしおりんの文字。

送り主があかりんで、宛先が俺で、話題がしおりんという条件が揃った以上、やはりこれはあかりん本人からのＬｉｍｅである可能性が非常に高いと言えるだろう。

『ていうか、二人付き合ったんでしょ？　おめでとう！』

そして、追加で送られてきたそのＬｉｍｅで、これがあかりん本人から送られてきていることがほぼ確定した。

しかしここで、俺は何て返信をすれば良いのだろうかと考えていると、今度はあかりんから通話がかかってくる。

いきなりの通話に驚きつつも、確かに会話した方が早いし、あかりん本人かどうかも確認できるよなと思い、俺は覚悟を決めて通話ボタンを押した。

「あ、もしもしたっくん？　久しぶりー」

「あ、はい、お、お久しぶりです」

通話の向こうから聞こえてくる声は、間違いなくあかりん本人の声だった。

つまり俺は今、本当にあのあかりんと通話していることになる。

「いきなりごめんね、それからおめでとう！」

「あ、う、うん。ありがとう……」

　駄目だ……、いきなりのあかりんとの通話に、俺は完全に挙動不審になってしまっていた。

　そんな俺がおかしいのか、通話の向こうからはクスクスとあかりんの笑い声が聞こえてくる。

「あーごめん、それで本題なんだけどさ、たっくんにちょっと頼みたいことがあるのよ」

「頼みたいこと？」

　わざわざあかりんから、直接俺に連絡を取ってまで頼みたいこと。

　それは少なくとも、簡単な話ではないとみて間違いないだろう。

　俺に連絡をしてきている時点で、それは必ずしーちゃんにも関係することだろうから、これから一体何を言われるのだろうかとドキドキしてしまう。

　仮にもしここで、しーちゃんを再びアイドルに戻す協力をして欲しいとか言われた場合、俺はどう返事するのが正解なのだろうか……。

　そんな緊張感を抱きつつ、あかりんからの言葉を待った。

「あー、そんな大した話じゃないんだけどね。——たっくんの高校、今度文化祭あるんでしょ？」

「え？　うん、そうだね」

「いつ？」

「えーっと、今月末の土曜日だけど……？」

「ふむふむ。たっくんって、しおりんと同じクラスだよね？　何するの？」

「メ、メイド喫茶だよ」

「え？　もしかして、しおりんもメイドするの？　大丈夫それ!?」

「はい、多分……」

「うん、まぁそっちの方が面白そうだしいっか。それじゃ、ここからがたっくんへのお願いです。その文化祭にね、うちらも遊びに行こうと思うの。もちろんこれはサプライズだから、しおりんには秘密にしてね。だからたっくんには、しおりんにはこのことを秘密にしつつ、間《あいだ》を取り持って欲しいのよ。勝手なお願いで申し訳ないのだけれど、引き受けてくれるかしら？　──っと、そろそろ次の仕事があるから、続きはＬｉｍｅでよろしくね！　それじゃ！」

　言うことだけ言って、通話を切るあかりん。

　こんな時間にも仕事をしているのか大変だなと思いつつも、俺は今あったことを一度整理する。

いきなり知らない人から連絡がきたと思えば、それはまさかのあかりんだった。

その時点で驚きの出来事だが、そんなあかりんと通話まですることとなってしまった。

通話の内容はうちの高校の文化祭についてで、なんとあかりんはうちの高校の文化祭へ遊びに来たいと言い出したのである。

国民的アイドル『エンジェルガールズ』のリーダーあかりんが、何でもないうちの高校の文化祭に来るなんて、そんなの普通に考えて大騒ぎになるに決まっているだろう……。

そして俺は、もう一つ気付いてしまう。

それは、さっきあかりんが『うららも』と言ったことだ。

あかりんがうちらと言う存在、それはもしかしなくてもエンジェルガールズのメンバーのことだろう。

つまり、それって――、

「えぇ、マジですか!?」

ようやくあかりんの言葉の意味を理解した俺は、驚いて思わず大声を発してしまったのであった。

◇

あかりんから連絡があった日から、早一ヵ月。

俺は文化祭の準備をしつつ、裏ではエンジェルガールズがお忍びで文化祭へ遊びに来るための連絡係という、重大すぎる役目も受け持っていた。

しかし、当日は週末ということもあり、やはり一日オフにするのは難しいかもしれないとあかりんから連絡がきたのだ。

あかりんは絶対に何とかすると言っていたけれど、それにしたってメンバーそれぞれ予定があるだろうし、やっぱり厳しいんじゃないだろうかと心配になってしまう。

最初は、あのエンジェルガールズがうちの高校の文化祭に遊びに来るなんて、さすがに無茶じゃないだろうかと思っていた。

けれど、あかりんと連絡を取っているうちに、本当に楽しみにしてくれていることが伝わってきたのだ。

しーちゃんはもう引退しているけれど、それでも変わらずに同じ仲間として、しーちゃんのことを大切に思ってくれていることが分かった。

だからこそ、今は叶うなら文化祭に来られたらいいなと思っている。

あかりんは『大丈夫、いざとなれば最終手段もあるから』という意味深なことを言っており、何やら裏で動いているようだけれど……。

その最終手段とは何なのかは、一般人の俺には全く想像すら付かないのだが、何はともあれ無事に来られたらいいなと思う。

そんなわけで俺は、いよいよ文化祭も来週末に迫ってきた今、その準備とあかりんとの連絡係で、割かし忙しい毎日を送っているのであった。

◇

「みんなー！　お店から、衣装借りてきたよー！」

教室へ戻ってきた三木谷さん達が、段ボール三箱分のメイド服を持って戻ってきた。

今日から文化祭本番までの三日間、部活は休みとなり各クラスが最終準備に取り掛かっている。

そして今日、ついに三木谷さんのバイト先に文化祭用のメイド服が届けられたということで、分担してそれを受け取りに行って貰っていたのだ。

貸し出しを受けたのは、そこのお店の旧デザインのもの。

もう少し露出の多いメイド服にしようと、丁度デザインが新しくなったばかりだということで、旧タイプの露出が少な目のメイド服を貸し出しして貰うことができたのだ。

でも本来は、この数の貸し出しなんて受けては貰えないらしい。

そこはお店側のご厚意と、何より三木谷さんのおかげだった。

本当に、今回の文化祭は三木谷さんのおかげで成り立っていると言っても過言ではないだろう。

最初はクラスの女子達のメイド姿を見ることが目的だった男子達も、今ではそれぞれが任された役割をしっかりこなしており、クラス一丸となって成功させようという意識がしっかりと全員に共有されているのであった。

「それじゃ早速、接客担当はサイズ合わせも兼ねて一回着てみよっか」

「「おおー!!」」

ついに届けられたメイド服に注目が集まる中、三木谷さんから告げられたその一言に教室内は大盛り上がりとなる。

三木谷さんから、接客担当のメンバーに一着ずつメイド服が手渡されていく。

しかし、いざこうしてメイド服を渡されるとやっぱり恥ずかしいのだろう。

みんな少し顔を赤らめつつも、それでも本人達も着るのが楽しみな様子で、キャッキャとはしゃぎながら更衣室へと向かって行った。

当然そこには、しーちゃんと清水さんも含まれており、二人も三木谷さんからメイド服を受け取ると一緒に更衣室へ着替えに向かって行った。

こうして、いよいよクラスを超えて学年の二大美女がメイド服を着ることとなり、クラスの男子達が大盛り上がりとなったのは言うまでもないだろう。

しかし、付き合っていることを隠している俺はともかく、清水さんの彼氏である孝之まで も、みんなと一緒になって盛り上がっている姿にはちょっと笑えてくるのであった。

「はい、それじゃあこっちが一条の分で、こっちが健吾の分ね！」

最後に三木谷さんに呼ばれた俺と新島くんは、それぞれ男性ウェイター用の制服を手渡される。

「ありがとう、じゃあ僕達も試着してみようか」

このクラスの男性ウェイターは、俺と新島くんの二人のみ。

新島くんの言葉に従って、俺達もウェイター用の制服を試着するため更衣室へ向かうこととなった。

「一条くんはさ、凄く三枝さんと仲いいよね。他の人では、絶対に一定の距離を置かれてしまうのに、一体どんな魔法を使ったんだい？」

更衣室へ向かって歩いていると、新島くんからそんな話題を振ってくる。

話題はやっぱりしーちゃんのことで、困ったような笑みを浮かべながら、新島くんは俺としーちゃんの仲の良さについて聞いてくるのであった。

その話題を、新島くんが今どんな気持ちでしてきているのかぐらい、俺にも察しがついている。

だからこそ、ここは俺もそんな新島くんに対して、ちゃんと答えなければならないだろうと思った。

「実はさ、俺と三枝さんは、幼い頃に一度知り合っていたんだよ」

「へぇ、そうだったのか」

この話を、孝之達以外にするのは新島くんが初めてだった。

しーちゃんのことを考えれば、あまり誰かにしていい話でもないだろう。

それでも、新島くんは言わば俺の恋敵なのだ。

ここで嘘をついたりはぐらかしたりするのは、何だか新島くんに対して不誠実に思えた俺は、正直に答えることにした。

「でもさ、俺は最初気付かなかったんだ。まさか幼い頃に一緒に遊んでいた子が、エンジエルガールズのしおりんだなんて、普通は誰も思わないでしょ？　――それでも、三枝さんの方はちゃんと俺のことを覚えていてくれたんだよね」

「それはなんていうか、凄い話だね……」

「本当にね。俺なんかが恐れ多いっていうか、一体どこのラブコメだよって感じだよね」

そう言って俺が笑ってみせると、新島くんも一緒に笑ってくれた。

「でも、だからこそっていうのかな。俺はそんな、自分を見つけてくれた三枝さんのことを、本当に大切にしたいと思っているんだ」

「僕達じゃ得られない、特別な繋がりか……。うん、それなら二人が仲いいことにも、納得できるかな。じゃあやっぱり、君達二人は？」

力なく笑いながらも、どこか腑に落ちたような表情を浮かべる新島くん。

そして新島くんは、俺としーちゃんの関係について踏み込んでくる。

しーちゃんとの約束があるから、当然俺の口から関係を口外することはできない。

けれど、ここまできて答えをはぐらかすのも違うよなと思った俺は、正直な気持ちを伝えることにした。

「俺は、三枝さんのことが好きだよ。友達としてではなく、一人の女性としてね」

関係は明かせない。けれど俺は、しーちゃんのことが大好きなのだということの気持ちは、はっきりとここで宣言する。

「……そうか、分かったよ。ちゃんと答えてくれてありがとう」

俺の宣言を受けて、新島くんは受け止めるように微笑みながらそう答えてくれた。

そしてその笑みはもう、先程までの暗いものではなかった。

「ふぅ……なんだかもう、結果は見えている気しかしないけど……。一条くん、僕と一つ勝負をしないか？」

「勝負？」

「そう、これからお互いウェイターの制服に着替えるわけだけど、題して『どっちが三枝さんをキュンキュンさせられるか勝負』をしようじゃないか！」

「……分かった、その勝負受けるよ」

どっちが三枝さんをキュンキュンさせられるか勝負――。

その勝負内容のあまりのバカっぽさに、二人で吹き出すように笑い合う。

それでも、こんな新島くんが相手ならライバルとして不足はなかった。

それからウェイターの制服に着替えた俺達は、いざ『どっちが三枝さんをキュンキュンさせられるか勝負』を行うべく、お互いの健闘を祈りつつ一緒に教室へと戻るのであった。

◇

着替えを終えた俺と新島くんは、一緒に教室へと戻った。

すると、教室内に残っていた女子達から「わぁー」という歓声が上がる。

クラスでも人気者の、新島くんのウェイター姿なのだ。

クラスの女子が騒がないわけがないと言いたいところだけれど、女子達の視線は俺の方にも向いていることには気付いている。

その注目度合いは、概ね互角といったところだろうか。

「どうだい？　もう彼女達の誰かと付き合ってみるっていうのは？」

「その言葉、そっくりそのままお返しするよ」

新島くんの煽りに、俺も煽り返す。

勝負は彼女達ではなく、どちらがしーちゃんのことをキュンキュンさせられるかだ。

すると、今度は教室内の男子達が騒めき出す。

その異変に気付いた俺達も、廊下の方を振り向く。

するとそこには、メイド服に着替えてきた接客担当の女子達の姿があった。

その姿は、前に孝之と行ったメイド喫茶にいたメイドさんそのもので、それをクラスメイトがしているというこの非現実感は、クラスの男子達が騒いでしまうのも無理はなかった。

そしてみんなから少し遅れて、三木谷さんが教室へやってくる。

メイド喫茶で、バイト経験もある三木谷さん。

モデルのようにスレンダーなルックスに、着慣れているであろうメイド服はバッチリ似合っている。

さすがは本物だなと思ってしまう程、その姿は様になっていた。

そして次に現れたのは、そんな三木谷さんの後ろに隠れるように教室へと戻ってきた清水さん。

清水さんと言えば、しーちゃんと並んで学年の二大美女の一人とも言われており、みんなの予想通りメイド服はとても良く似合っていた。

しかし、清水さんはみんなに見られるのを恥ずかしがるように、スカートの裾を両手でぎゅっと握り、顔を赤らめながら俯いている。

しかし、その反応や仕草も可愛くて、余計に注目を浴びてしまっているのはもう仕方がないことだった。

そんな清水さんのいじらしい姿に、孝之は「可愛すぎるだろぉ！」と大喜びしているのだが、今はそっとしておくとしよう……。

　こうして、教室へやってきた三木谷さんと清水さん。

　二人のメイド姿に、教室内のボルテージは更に上がっていく。

　慣れている三木谷さんは、そんなクラスのみんなに手を振りながらサービスをし、清水さんは更に恥ずかしそうに顔を赤らめる。

　だが、このクラスにはもう一人いるのだ。

　二人から少し遅れて、最後の一人が教室へとやってくる。

　背後には、ここへ辿り着くまでに引き連れて来たであろう他のクラスの男子達。

　それ程までに、その姿はこの場においてあまりにも特別で、魅力的で、全ての人の注目の的となる。

　そう、最後にやってきたその人物は、元国民的アイドルにして学年の二大美女の一人。

　今ではこのクラスのアイドルでもあるしーちゃんが、最後にこの教室へとやってきたのであった。

◇

しーちゃんの登場により、教室の内外が大騒ぎとなる。

身に纏ったメイド服はとても良く似合っており、他の接客担当の女子はもちろん、現役のメイドさんである三木谷さんですらも霞んで見えてしまう程、圧倒的な魅力を放っていた。

その様子に、三木谷さんは負けを認めるようにヤレヤレと微笑んでおり、清水さんは自分から注目が移ったことにほっとしている様子だった。

「これはどうやら、勝負どころじゃなさそうだね……」

「そうだね……」

完全にアイドルモードで、みんなの注目の的となっているしーちゃんを前に、俺と新島くんは一緒に現実を理解する。

一体誰を相手に、俺達はキュンキュンさせようとしていたのだろうかと。

まだ勝負が続いているのだとすれば、それは間違いなくしーちゃんの一人勝ちだった。

そんなわけで、俺は新島くんと力なく笑い合う。

今回は痛み分けのドローだなと思っていると、完全にアイドルモードのメイドしーちゃんとバッチリ目が合ってしまう。

それは、完全にアイドルと一般人――。

しーちゃんは彼女であるけれど、今の状況とその姿に、俺は完全に見惚れてしまう。

すると、目が合ったしーちゃんも何故かピタリと動きが止まってしまう。

そしてしーちゃんは、顔を赤くしながらくるりとこちらに背中を向けてくるのであった。

そんな、さっきまでの完全アイドルモードが嘘のように、突然挙動不審を発動させてしまうしーちゃん――。

「はーい、じゃあそろそろ衣装のサイズ調整するよ！　ほら、部外者は散った散った！もっと見たければ、当日お客様としておいでー！」

そう言って三木谷さんが、他のクラスの人達を教室から追い出して扉を閉める。

こうして、大騒ぎになっていた教室もようやく落ち着きを取り戻し、文化祭の準備が再開されるのであった。

というわけで、まずは女子のサイズ調整から始められたため、俺と新島くんの二人は特にすることもなく、ポツンと二人だけ取り残されてしまう。

「――さっきの勝負だけど、やっぱり僕の完敗みたいだね」

隣の新島くんが、突然そう話しかけてきた。

何故いきなり負けを認めたのか、驚いた俺は新島くんの方を振り向く。

すると新島くんは、もう諦めが付いているのだろうか、少し晴れ晴れとしたような表情を浮かべていた。

そんな新島くんがじっと見つめる先に、俺も目を向ける。

そこには、丁度女子達に囲まれながら、衣装のサイズ確認をされているしーちゃんの姿があった。

俺が向いたことで、またしてもバッチリ目が合うしーちゃん。

つまりしーちゃんは、俺が向くより先にこっちを見ていたということになる。

「あはは、こうして見ると本当に分かりやすいよね。――三枝さんは、ずっと一条くんのことしか見てないよ」

やっぱり敵わないなと、諦めるように笑う新島くん。

「いいのか？」

だから俺は、そんな新島くんに問いかける。

これで本当に、負けを認めてしまっていいのかと。

「いいことなんてないさ。――でも、叶わないと分かっている恋愛をし続けるほど、僕も盲目的ではないからね」

俺の言葉に、新島くんは笑って答える。

それが強がりの笑みなことぐらい、俺にも分かった。

それでも新島くんは、負けを悟りつつも真っ向から勝負を挑んでくれて、こうしてキッパリと結果を受け入れてくれているのだ。

そんな真っすぐなところは、素直にかっこいいなと思った。

「――よし。それじゃ早速、新しい恋でも探してこようかな」

そして新島くんは、そう言って気持ちを切り替えるように活を入れると、早速接客担当の女子達の輪へと加わっていくのであった。


衣装確認が済んだしーちゃんが、恥ずかしそうにこちらへトコトコと近付いてくる。

「た、たっくん……ど、どうかな……？」

そしてしーちゃんは、改めて今自分が着ているメイド服姿の感想を求めてくるのであった。

「うん、とっても良く似合ってるよ」

だから俺は、そんなしーちゃんへ素直に感想を伝える。

するとしーちゃんは、まるで一輪の花が開くように、それは嬉しそうにパァッと満面の笑みを浮かべる。

「た、たっくんも！　とっても似合ってるよ！」

そしてしーちゃんも、お返しとばかりに俺のことを褒めてくれるのであった。

その大きな瞳をキラキラと輝かせながら、ウェイター姿の俺を上から下までしっかりと記憶するように、まじまじと見つめてくるしーちゃん。

そして満足したのか、もう一度俺の顔を見ながら満面の笑みを浮かべてくれる。

その仕草はやっぱり可愛くて、俺はそれだけで簡単にドキドキさせられてしまうのであった。

「ありがとう、嬉しいよ」

「えへへ、キュンキュンするって、こういうことを言うんだろうね」

恥ずかしそうに笑うしーちゃんのその言葉に、俺は思わず笑ってしまう。

――そっか、キュンキュンしてくれたんだね。

それが嬉しくて、おかしくて、そして愛おしくて――しーちゃんが傍にいてくれるだけで、俺の胸はあっという間に幸せで満たされてしまうのであった。

第五章　本番前

文化祭の準備が終わった。

窓の外に目を向けると、すっかり日が落ちてしまっている。

今日は部活も休みだったため、俺としーちゃん、そして孝之と清水さんも交えた四人で一緒に下校することとなった。

四人で帰るのは久々なのだが、いつもと違い賑やかな帰り道はやっぱり楽しい。

冗談を言う孝之に、呆れるようにツッコミを入れる清水さん。

そして、そんな二人のやり取りを見ながらクスクスと笑うしーちゃんと、俺はこの四人で一緒に過ごす時間がやっぱり大好きだ。

「文化祭、楽しみだね」

しーちゃんの言葉に、俺も孝之も清水さんも、そうだねと一緒に微笑む。

いよいよ、今週末に迫った文化祭。

準備が整うにつれて、ついに文化祭の日がやってくるのだという実感が生まれる。

最初はノリだけで決まったような出し物だけれど、準備をしてみると意外と楽しくて、だからこそ今はみんなで一丸となって、この文化祭を成功させたいと思っている。

「でも、ちょっと心配でもあるかな」

「ん？　何かあった？」

しーちゃんのその呟きに、他の三人の視線が集まる。

心配って、何だろうか――。

文化祭も間近に迫った今、何か懸念があるならば急いで対応する必要もあるだろう。

「え？」

「――だって、ウェイター姿のたっくん、本当にかっこよかったから……」

「あー、それ分かるわ！　卓也って、あんまりこれまで色気づいてこなかったけどさ、ちゃんとしたらちゃんとするんだよな！」

恥ずかしそうに呟くしーちゃんの言葉に、孝之が笑いながら賛同する。

そして清水さんも、面白そうに微笑みながら隣でうんうんと頷いている。

「いや、まぁ、そうなのかな……？」

「そうだよ！」

照れる俺に、食い気味で肯定するしーちゃん。

しかし、こういうのは中々自分で受け入れるのは難しい。

だからこそ、こうして自分以外の人から言って貰えることは素直に嬉しかった。

でもそれが原因で、しーちゃんが心配を抱いているのならば、俺は前回の反省も踏まえてしっかりと言葉で伝えなければならないだろう。

「大丈夫だよ、俺が好きなのはしーちゃんだけだから。だから当日は、一緒に沢山楽しもうね」

「う、うんっ！　たっくん大好き!!」

俺の言葉に、感情を爆発させるように抱きついてくるしーちゃん。

「すっかり幸せバカップルだな、お二人さん」

「あら、幸せなのはいいことじゃない」

そんな孝之と清水さんの言葉がおかしくて、それから俺達は一緒に笑い合った。

こんなに愛おしいしーちゃんと二人なら、バカップルも上等だと思いながら。

◇

帰宅した俺は、疲れに身を任せベッドの上で大の字で寝転がる。

部屋のテレビからは、丁度エンジェルガールズの出演する『エンジェルすぎてすいません！』が放映中だった。

テレビの向こう側で、有名なお笑い芸人とトークを繰り広げているエンジェルガールズの姿は、やはり有名人そのものだった。

そんな、本来は決して手の届かない存在。

けれど彼女達が、今度うちの文化祭へ遊びに来るというのだから、やっぱり不思議な感じがするというか、普通に考えてあり得ないことだった。

でもそれを言うなら、しーちゃんだって同じなのだ。

俺はスマホの画像フォルダの中から、以前送られてきたしーちゃんのメイド服姿の自撮り写真を表示する。

「やっぱり、めちゃくちゃ可愛いよなぁ……」

この可愛いメイド姿のしおりんが、今は自分の彼女なんだよなと思うと、やっぱり変な感じがしてくる。

俺は現実を噛みしめるように、暫くその画像をぼーっと眺めていると、スマホの画面にLｉｍｅの通知ポップアップがピコンと表示される。

ぼーっとしていただけに、少し驚いた俺は慌てて確認すると、それはしーちゃんからの

Ｌｉｍｅだった。

『今日もお疲れ様！　今はベッドでゴロゴロしてるよー♪』

送られてきたのは、そんな何気ない日常会話。

だから俺も、『うん、今日もお疲れ様。俺もゴロゴロしてるよ』とすぐに返事をする。

こうやって、何があるわけではないけれど、連絡を取り合うことでお互いが今何をしているのかを共有し合う。

それだけで安心できるし、離れていても身近に感じられるのが嬉しかった。

そして話題は、文化祭の話になる。

ここでもしーちゃんが俺のウェイター服姿を褒めてくれたため、俺もお返しついでに少し踏み込んだ話題を振る。

『ありがとう、しーちゃんのメイド服も凄く可愛かったよ！　メイド服と言えば、前に送って貰ったメイド服姿の自撮り写真もあるよね。あれも凄く可愛かった！』

今さっきまで眺めていたことは秘密にしつつ、そんな話題を振ってみる。

きっとしーちゃんのことだから、恥ずかしがっていいリアクションをしてくれるんじゃないかと期待しながら。

『たっくんは、メイドさんが好きなの？』

しかし、返ってきた返事は俺の予想とは全く違うものだった。

どうやらしーちゃんは、俺がメイド好きだと勘違いしてしまったようだ。

たしかに否定はできないが、別に好きというわけでもない俺は、その質問に素直に答えることにした。

『メイドが好きってよりも、しーちゃんが着ているから好きなんだと思う』

そんな俺の返信に、すぐに既読が付く。

しかしそれから、しーちゃんからの返信がパタリと止まってしまう。

急に返信がなくなってしまったことに、俺は何か不味かっただろうかとちょっと気になりつつも、まぁお風呂とかご飯とか、何か他のことをしているのだろうと気にするのをやめた。

そして、十分ぐらい経っただろうか、またピコンとＬｉｍｅの通知音が鳴る。

恐らくしーちゃんからだろうと思い、俺はすぐにそのＬｉｍｅの内容を確認すべくスマホを手にする。

するとそれは、予想通りしーちゃんからのＬｉｍｅだったのだが、送られてきたのはメッセージではなく画像ファイルだった。

何だろうと思いつつ、俺はその画像ファイルを開く。

「これは……」

そして俺は、その送られてきた画像を見て固まってしまう。

何故なら、送られてきたその画像は、今日試着していた文化祭のメイド服姿の自撮り写真だったのである。

隣には、同じくメイド姿の清水さんの姿があり、そんな美少女二人が身を寄せ合って写っているその写真は、控えめに言ってヤバかった。

『たっくんにもっと好きになって欲しいから、新しいのもプレゼントだよ』

もっと好きになって欲しい、か――。

たしかにこんな写真を見せられれば、俺じゃなくても好きになってしまうだろう。

ちなみにこの写真だが、元々清水さんと示しを合わせて、俺と孝之に送るために撮っておいたものらしい。

だからきっと、今頃同じ画像が孝之にも送られていることだろう。

しかし、もしこの画像の存在が学校のみんな知られたら、それは絶対に不味いことになるなと思いながら感謝するとともに、今回もしっかりと三回保存しておくのであった。

◇

いよいよ、文化祭まで残すところあと一日となった。

今日は最後の仕上げということで、教室内のデコレーションや機材などの設置等、明日の本番に向けての準備を行った。

作業は日が落ちるまで続いたが、クラスのみんなで力を合わせて行ったおかげで、納得のいく形で準備を終えることができた。

あとは明日の本番、楽しみながら成功させようとみんなで声をかけあって、下校することとなった。

「たっくん、明日はいよいよ本番だね！」

「うん、そうだね」

「楽しみだなぁ、頑張ろうね！」

ワクワクとした様子で、楽しそうに微笑むしーちゃん。

こんな風に、文化祭を楽しんでいる姿を見る度に、俺はどうしても嬉しくなってしまう。

去年の今頃はまだ、国民的アイドルとして活動していたしーちゃんだけれど、今ではその肩書を捨て普通の女の子であることを選んでくれたからこそ、今もこうして同じ高校に通うことができているのだ。

それはきっと、他の人からしてみれば勿体ないことをしていると思われるのかもしれない。

それは別に間違ってはいないと思うし、しーちゃん自身も引退の決断をすることは決して簡単なことではなかったはずだ。

それでもしーちゃんは、アイドルの引退を決断し、今もこうして隣にいてくれているのだ。

だったら俺は、そのしーちゃんの下した決断が、決して間違いではなかったと思って貰いたい。

だからこそ、この高校生活の中で一つでも多くの楽しい思い出を、一緒に一つ一つ積み上げていきたいと思っている。

俺のことを見つけてくれたしーちゃんに、俺はまだ与えるよりも貰ってばかりだから――。

だからこそ、まずはこの文化祭を必ず成功させるとともに、しーちゃんにとって素敵な思い出となるように、明日は一緒に目一杯楽しもうと心に誓うのであった。

その日の夜。

連日の文化祭の準備でくたびれた俺は、食事とお風呂を済ませ、もういつでも眠れる状態でベッドの上で大の字に寝転がる。

いよいよ文化祭本番がやってきてしまうけれど、やれるだけのことはやったし、あとはゆっくり休んで明日に備えようと目を閉じる。

――ピコン。

しかし、眠ろうとしたのも束の間、枕元に置いたスマホからＬｉｍｅの通知音が鳴るのであった。

眠い目を擦りつつ確認すると、それはあかりんからのＬｉｍｅだった。

『たっくん、明日は無事行けることになったからよろしくね！』

それは、文化祭へ無事に来られることになったという連絡だった。

何とかするという連絡があってから今日まで、ずっと連絡がなかったから少し心配していたのだけれど、どうやら本当に何とかしてくれたようだ。

『それは良かったです。俺達も今日まで準備を頑張ったので、明日は楽しんでいって下さいね！』

たかが一般の高校生が、現役トップアイドルに対して楽しんでいって下さいと言うのも変な感じがする。

それでも、きっとあかりん達は忙しい中を無理して調整してくれたに違いないのだ。

それであれば、俺はもうできることをするしかないし、せっかく来てくれるのであればやっぱり楽しんでいって貰いたい。

『お、いいねぇ楽しみにしてるよー！　本当はちょっと厳しかったんだけどね、奥の手使ったから、行けるようになったよ！　ってことで、明日はよろしくねたっくん♪』

……ん？　奥の手ってなんだろう？

一体あかりんが何をしたのか気になるけれど、まぁ俺の知らないような色々があるのだろう。

すると、続けてあかりんからスタンプが送られてきた。

それはまさかの、バイバイをするしおりんスタンプだった。

あかりんまでも、このしおりんスタンプを使っていることに驚きつつも、俺もグーポーズをするしおりんスタンプで返事をする。

こうして、最後はあかりんとしおりんスタンプを送り合って、文化祭前最後のＬｉｍｅのやり取りは終了したのであった。

何て言うか、現役の国民的アイドルという超が付くほどの有名人と、しおりんスタンプで普通にやり取りしていることが後からおかしく思えてきて、そんな自分の大物っぷりに一人で笑ってしまう。

でも、あかりんや他のメンバーの子達だって、同世代の女の子なのだ。

ステージの外であれば、意外と普通に接することができるということは、他でもないしーちゃんから学んだことである。

だから明日も、普通に自然な感じで楽しんでいって貰いたいなと思いながら、俺はそのまま眠りについたのであった。

第六章　文化祭当日

ついに、文化祭当日の朝がやってきた。

今日は土曜日だが、いつもより少し早く起きた俺は、支度と朝食をささっと済ませて家を出る。

空を見上げると、そこには雲一つない秋晴れが広がっていた。

絶好の文化祭日和だなと思いながら、今日はしーちゃんと待ち合わせをしている駅へと向かう。

待ち合わせ場所へ着くと、既にしーちゃんの姿があった。

土曜日だけれど制服を着たしーちゃんが、俺に気が付くと嬉しそうに手を振って迎えてくれる。

「おはよう！　たっくん！」

「おはよう、しーちゃん」

朝の挨拶を交わして微笑み合う。

今日もしーちゃんは、朝から可愛さ全開だった。

そして一緒に、学校へと向かって歩き出す。

隣を歩くしーちゃんはやっぱり楽しそうで、俺の手をぎゅっと握ると、そのままブンブンと振り出す。

「ちょ、誰かに見られちゃうよ？」

「少しぐらい、へーきだよーだ！」

そう言ってしーちゃんは、繋いだ俺の手をグイッと引き寄せると、そのまま楽しそうに腕に抱きついてくる。

えへへと笑いながら抱きつくしーちゃんを見ていたら、俺もまぁ少しぐらいいいかと受け入れるしかなかった。

それに俺だって、こうしてくっ付いていられることが嬉しくて堪らないのだから。

何はともあれ、今日はいよいよ文化祭当日。

二人の楽しい思い出にできるように、今日は全力で楽しもうと思う。

教室へ入ると、既にクラスのみんながメイド喫茶の準備に取り掛かっていた。

「お、本日の主役達のご登場だね！　さ、早く二人も着替えて着替えて！」

俺達に気が付いた三木谷さんが、元気よく声をかけてくる。

三木谷さんは既にメイド姿で、俺達の制服を手渡すと、早く着替えてきてと背中を押してくる。

こうして教室に着いたのも束の間、俺はしーちゃんと一緒に着替えるために更衣室へと向かった。

隣を歩くしーちゃんは、既にワクワクとした様子で、嬉しそうに渡されたメイド服を両手で抱きしめている。

そんな仕草も可愛くて、自然と俺も笑みが零れてしまう。

それからしーちゃんと分かれて男子更衣室へ入ると、そこには先に来ていた新島くんの姿があった。

「あ、一条くんおはよう。今日はお互い頑張ろうね」

「おはよう新島くん。そうだね、今日は頑張ろう」

新島くんと挨拶を交わし、そして笑い合う。

もう新島くんとは、こうして普通に話ができる仲になれている。

しーちゃんのことは、もう吹っ切れているのかどうかは分からないが、こんな風に自然に接してくれることが嬉しかった。

「ところで、この呼び方もそろそろやめにしないか？　今日から、卓也って呼んでもいいかな？」

「全然構わないよ。じゃあ俺も、今日から健吾って呼ぶよ」

「ありがとう、卓也」

「こちらこそ、健吾」

わざわざ名前で呼び合うのがおかしくて、吹き出すように二人で笑い合う。

思えば、こうして名前で呼び合うような仲になれたのは、この高校では孝之以外初めてかもしれない。

それはちょっぴりむず痒い感じがするけれど、やっぱり嬉しいことだった。

入学して間もない頃の俺からしてみれば、自分でも大分変わったよなと思う。

クラスの集まりとか、そういうのは面倒に思っていたし、きっとこの文化祭だって当たり障りなくやり過ごしていたことだろう。

でも俺は、しーちゃんと出会ってから変わることができた。

いつも楽しそうに傍にいてくれるしーちゃんのおかげで、俺も一緒に楽しむことができているのだ。

最初はしーちゃんのことを楽しませたいと思っていたが、楽しませて貰っているのはいつも自分の方。

そしてそれは、しーちゃんだけではない。

健吾やみんなと一緒になって、同じ目標に向かって取り組むことの楽しさを、俺はこの文化祭の準備を通して学ぶことができたのだ。

だからこそ俺は、クラスを引っ張っていってくれる健吾と三木谷さんの二人に対して、ありがとうという気持ちでいっぱいだし、今日は必ず成功させたいと思っている。

「よし、じゃあ今日は学年──いや、学校で一番を目指そうじゃないか」

「そうだな、やれる限り頑張ろう」

クラスの成功を祈り、健吾と固い握手を交わす。

俺達は、言わばクラスの男子達を代表した、男二人だけのウェイター。

だからこそ、メイド姿のクラスの女子達にも負けないように、精一杯接客を頑張らなければならない。

そのためにも、俺は今日のために持ってきたある秘密兵器を取り出すと、それに気付いた健吾もニヤリと微笑む。

「僕も借りていいかな？」

「もちろん」

俺はニヤリと微笑み返しながら、その秘密兵器を健吾に手渡す。

こうして、俺と健吾はとある準備をして、一緒に教室へと戻るのであった。

◇

教室へ戻ると、既に準備はほぼ終わっている様子だった。

つまり、あとは開店時間を待つのみといった感じだ。

そんな、一旦落ち着いた様子の教室内。

しかし、戻ってきた俺と健吾の姿を見て、クラスの男子も女子も驚いているのが分かった。

「え、二人ともヤバ……」

俺達を見ながら、三木谷さんがぽろりとそんな言葉を漏らす。

俺達が今日の為に使った秘密兵器。

それはなんてことはない、ただのヘアースタイリング剤だ。

今日のために用意したハードジェルワックスで、俺と健吾はウェイターっぽさを演出するため、髪をオールバックにセットしたのである。

まだ高校生のため、顔に少し幼さが残ってしまうのは仕方ないにしろ、服装も相まって我ながら中々様になっていると思う。

普段なら絶対にしない髪型だけれど、文化祭の今日ぐらい俺もちょっと踏み出そうと思ったのだ。

その狙いは、クラスのみんなの反応的にどうやら成功だったようで安心した。

「ウケはバッチリみたいだね」

「はは、そうだね」

ニヤリと笑う健吾に、俺もニヤリと笑い返す。

きっと一人ならもっと恥ずかしかっただろうが、健吾も一緒になってやってくれたおかげで、それほど恥ずかしくもなかった。

「え、たっくん？」

そして、背後から聞こえてくるしーちゃんの声に、俺は後ろを振り返る。

するとそこには、メイド服に着替えたしーちゃんの姿があった。

「あ、しーちゃん。——うん、やっぱり凄く良く似合ってるね」

何度見ても、目を奪われてしまうようなそのメイド服姿。

こんなに可愛い女の子が自分の彼女なのだと思うだけで、言葉では中々言い表せられないような喜びで胸がいっぱいになってしまう。

そんなしーちゃんの姿につい見惚れてしまっていると、しーちゃんもそんな俺の顔をまじまじと見つめてくるのであった。

「はぅ……あ、ありがと……」

頬を赤らめながら、恥ずかしそうに俯くしーちゃん。

そのしおらしい反応も可愛くて、思わず抱きしめてしまいたくなってしまう。

「やっぱり卓也には敵わないね。こりゃ、三枝さんも大変だ」

「な、何がだよ？」

「さぁね、じゃ、僕も準備してくるよ」

そう言って、健吾はニヤリと微笑みながら俺の肩をポンと叩くと、そのままクラスの輪へと交ざって行ってしまった。

でも俺も、さっきは何がだよと言ったけれど、健吾の言いたいことはちゃんと分かっている。

「た、たっくんも、その……凄く似合ってて、かっこいいよ……」

「あ、ありがとう……」

「はいはい、じゃあそこの見つめ合ってるお二人さんも準備するよー！」

二人で照れながら見つめ合っていると、見兼ねた三木谷さんが割って入ってきた。

三木谷さんは、気合を入れるように俺の背中をバシッと叩くと、しーちゃんを連れて接客担当の輪へと行ってしまった。

ここは教室なのに、思わず見つめ合ってしまったことに反省しつつ、俺も厨房担当の輪に加わることにした。

しかし、もう具材の用意は全て済んでおり、やっぱり特にすることはないから、俺は同じ厨房担当の孝之と他愛のない会話を楽しみながら時間を潰した。

そして、いよいよ文化祭の開始時間が迫ってきたその時、ポケットに入れていたスマホが震えだす。

何だろうとスマホを取り出すと、それはあかりんからのＬｉｍｅだった。

『今車で向かってるよ！　そろそろ着くけど、ちょっと寄るところがあるから、そのあとでたっくんのクラスにも顔出すね！』

まるで友達と待ち合わせをしているような、その気軽なＬｉｍｅ。

でも相手はあのあかりんなのだから、そんなあり得なさに思わず笑ってしまいそうになってしまう。

まぁそれはともかくとして、いよいよあかりん達がうちの高校の文化祭へとやってくるのだ。

まさかこの高校に、国民的アイドルが遊びにやってくるなんて、絶対に誰も予想していないだろう。

この文化祭、本当にこれからどうなってしまうのだろうかと思っていると、突然クラスの男子が慌てて教室に入ってくる。

そんな慌てた様子の男子に向かって、みんなの驚く視線が一斉に集まる。

「おい！　なんか今回の文化祭、シークレットゲストが来るらしいぞ！　誰かは分からないけど、めちゃくちゃ有名人らしい！」

その言葉に、みんなも驚いてざわつき出す。

そして、誰が来るのか予想大会が繰り広げられる中、俺は今裏で何が起きているのか何となく察しがついてしまうのであった。

◇

午前十時を回り、いよいよ文化祭がスタートする。

うちのクラスがメイド喫茶をやることは、既に全校的に話題になっていたこともあり、オープン前から結構な列ができていた。

開始前から並ぶ彼らは、自分達のクラスの出し物はいいのだろうかとも思ったが、それでもこうして並んでくれていることは素直に嬉しかった。

そして開店と同時に、いきなり満席となったことで開始早々に慌ただしくなる。

彼らの目的は当然、メイド姿の女子達だろう。

中でもやっぱり、元エンジェルガールズのしーちゃんのメイド姿が一番気になるようで、みんながその姿を目で追っているのが分かった。

だがこのクラスには、実際にメイドをしている三木谷さんや、しーちゃんと同じ二大美女の清水さんを筆頭に、女子達がローテーションで接客をしていることで、お客さんの視線はあちこちに慌ただしく彷徨《さまよ》っていた。

「それじゃあ行きますよー♪　美味しくなぁーれ♪　萌え萌えキュン♪」

オムライスを注文したお客様に、手でハートマークを作りながら完璧な接客をこなすしーちゃん。

憧れのアイドルに、萌え萌えキュンをして貰えた男子達はというと、その破壊力に完全にノックアウトされてしまっていた。

「え、えーっと、そ、それじゃ……美味しくなーれ、萌え萌え…キュン！」

その隣のテーブルでは、清水さんがとても恥ずかしそうに萌え萌えキュンを頑張っていた。

その初々しさが良かったのだろう、萌え萌えキュンされた男子達は全員大喜びで盛り上がっていた。

そして、そんな頑張る清水さんの姿を、調理場から顔を出した孝之がバッチリ観察しており、一緒に盛り上がっているのであった。

こうして、女子達のメイド効果は本当に抜群で、開始から暫く経つが全くお客さんの流れが途絶える様子はないのであった。

そして俺と健吾はというと、中には女子のお客様もといお嬢様もいらっしゃるため、そちらは俺達で接客をさせて貰っているのだが、こちらも結構好評なようでほっとした。

次第に女性客も増えてきており、どうやら俺達の口コミが広まっているようだ。

三木谷さん伝授のナルシシズムの強い接客をしているのだが、お客さんもノリノリで対応してくれるおかげで助かっている。

そんな慌ただしさに充実感を抱きつつ、お嬢様から承った注文を厨房へ伝えに行く際、偶然しーちゃんと鉢合わせる。

てっきり笑ってくれると思ったのだが、しーちゃんは少し不満そうに膨れた顔を俺に向けてきた。

きっとその理由は、俺が女子達に接客する姿を見て不満に思っているせいだろう。

でもそれは、正直お互い様ではあるし、今だけだから勘弁して欲しいなと思っていると、すれ違い様に俺にだけ聞える声でしーちゃんはこっそりと話しかけてくる。

「あとで、絶対にわたしにもやってよね！」

そう言ってしーちゃんは、またアイドルモードに切り替えて接客へ向かって行く。

そんなしーちゃんの姿に、俺は笑ってしまいつつも分かったよと心の中で返事をする。

他のお嬢様には絶対にしない、しーちゃんにだけの特別な接客をさせて貰おうと思いながら。


早いもので、開店から二時間が経過していた。

接客担当も厨房担当も、最初こそ戸惑いがあったのだが次第に慣れてきたこともあり、待機列もなくなり若干の余裕が生まれてきた。

そのため、健吾と交代で休憩に入ることになった俺は、廊下の階段に座りながらポケットからスマホを取り出し確認する。

するとスマホには、あかりんからのＬｉｍｅが届いていた。

『あと三十分後ぐらいに行けると思う！』

時間を確認すると、それは丁度三十分前に送られてきたものだった。

つまりは、そのＬｉｍｅ通りだとするならば、丁度あかりん達がやってくる時間ということになる。

そのことに気が付いた俺は、これは休んでいる場合じゃないと思い、慌てて教室へ戻ることにした。

「あ、たっくん発見ー！」

すると、そんな俺の背後から陽気に声をかけてくる女性が一人――。

その聞き覚えのある声に後ろを振り返ると、そこには本当にあかりんの姿があった。

そしてあかりんだけでなく、めぐみん、ちぃちぃ、みやみや三人の姿もあり、エンジェルガールズのメンバーが勢ぞろいしているのであった――。

もちろん、それぞれ帽子やマスクやサングラスなどで変装はしているのだが、声をかけてきたのがあかりんだと分かれば、彼女達がエンジェルガールズだということはすぐに分かってしまう。

「あ、この人が噂のたっくん？　やっほー！」

手を挙げながら、楽しそうに挨拶をしてくるめぐみん。

「あ、は、はじめまして！」

ちょっとキョドキョドしながら、頭を下げるちぃちぃ。

「ふーん、彼がねぇ」

そして最後に、腕を組みながら俺のことを興味無さげに見てくるみやみや。

三人とは初対面だけれど、そんな三者三様の反応を見せるトップアイドル三人を前に、俺はどうしていいか分からず、とりあえずハハハと笑って返すことしかできなかった。

とりあえず、まだ俺以外には正体がバレてはいないようなので、まずは教室へ案内することにした。

「え……ウソ……？」

すると、しーちゃんだけはすぐに彼女達の正体に気付いたようで、口元に手を当てながらとても驚いていた。

「あー！　しおりーん！　会いたかったよー！」

「しおりぃぃぃん！」

「久しぶりね、しおりん」

するとそんなしーちゃんの元へ、めぐみん、ちぃちぃ、みやみやの三人が駆け寄り、思い思いに久々の再会に喜んでいた。

そんな喜び合う彼女達の姿に、クラスのみんなや居合わせたお客さん達も、彼女達の正体に気が付き出す。

そして――、

「「「えー!?」」」

と、この教室に居合わせた人達はみんな、一斉に声を上げて驚くのであった。

◇

「え、なんでみんなここにいるの？」

「えへへー、サプライズで来ちゃった」

しーちゃんの質問に、めぐみんがドッキリ大成功と悪戯っぽく答える。

するとしーちゃんも、やられたという感じで一緒に笑いながら、みんなとの久々の再会を喜び合う。

「でも、今日は土曜日だし、スケジュール大丈夫だったの？」

「そこはあれよ、あかりんが奥の手使ったのよ」

マスクを外してニヤリと微笑みながら、今度はみやみやが答えた。

すると、みやみやがマスクを外したことで、男子達から「ほ、本物だ……」という興奮した声が漏れていた。

それも無理はなく、彼女達は今を時めくトップアイドルなのだ。

実際に生で見ると、それこそ全員がしーちゃんに負けず劣らずの美少女達。

普段はそこにいるだけで目立ってしまうしーちゃんも、エンジェルガールズのみんなの輪の中にいると、自然に思えてくるのだから凄いことだった。

「え、この子超カワイイんですけどっ！」

するとめぐみんは、そう言っていきなり近くにいた清水さんに抱き付く。

どうやらめぐみん的に、清水さんの外見がどストライクだったようで、顔をスリスリと擦り付けるように抱きついてくるめぐみんに、清水さんは顔を真っ赤にしながら固まってしまっていた。

「さ、お店に迷惑になるし早く注文するわよ」

はいはいと手を叩きながら、あかりんがみんなに席へ着くように促す。

こうして、ようやく席へ着いたエンジェルガールズのメンバーは、テーブルへ置かれたメニュー表へ興味深そうに目を落としていた。

「じゃ、全員一緒でいいわよね？　すいませーん、オムライスと、この萌え萌えドリンクってのを四つずつ下さい」

みんなに好きなメニューを選ばせる隙も与えず、時間がないからとあかりんが独断で全員分の注文を決める。

そんなあかりんに苦笑いしながらも、しーちゃんはメニューを承るとそのまま厨房へと向かった。

それを合図に、止まっていた店内も再び元通りに回り出す。

暫くすると、清水さんと三木谷さん、そしてしーちゃんの三人で、エンジェルガールズの待つテーブルへオムライスが運ばれる。

そしてしーちゃんが、ケチャップを手にしてニッコリと微笑む。

「それではお嬢様方、お絵かきサービスをいたしますね」

そう言ってしーちゃんは、本来はお客様に書いて欲しいものをオーダーして貰うところ、エンジェルガールズのみんなには何も確認せず、勝手に絵を描き出す。

あかりんには、『一言多い』。

めぐみんには、『おバカ』。

ちぃちぃには、『声だしてこ』。

そしてみやみやには、『起きろ』。


そんなクセのあり過ぎるお絵かき、もといみんなへの一言は、メンバー全員の笑いと怒りを等しく買っていた。

そんな風に、仲間達と悪ふざけをしながら楽しそうに笑っているしーちゃんの姿に、何だか安心している自分がいた。

みんな対等というか、自然な感じで笑い合う彼女達を見ていると、やっぱりしーちゃんはあの輪にいる方がいいとすら思えてくるのであった——。

今、うちの教室には、国民的アイドルグループ『エンジェルガールズ』がいる。

教室の机で作った簡易的なテーブル席に座り、彼女達は楽しそうにお喋りを楽しみながらオムライスを食べている。

そんな、嘘みたいだけれど現実の光景に、周囲の視線は当然のように集まっている。

お店という意味では、手作り感満載の殺風景な教室だけれど、彼女達がそこにいてくれるだけでキラキラとした華が生まれていた。

そんな彼女達が、今うちの教室にいることはあっという間に学校中に知れ渡ってしまったのであった。

教室内は入室制限をしているのだが、廊下にはエンジェルガールズを一目見ようと既に多くの人の姿があった。

それ程までに、彼女達の存在はあまりに特別で、人を引き寄せる魅力と美しさに溢れているのであった。

「あちゃー、外はすっかりパニックだねぇ」

教室の外にできた人だかりを見ながら、慣れた様子で呟くあかりんは、そんな彼らに向かって微笑みながら小さく軽く手を振ってファンサをする。

するとそれだけで、教室の外からは歓声が上がり大盛り上がりとなる。

これぞまさしく、スター性というやつなのだろう。

そんなわけで、外は結構なパニック状態の気がするのだが、エンジェルガールズのみんなは、さほど気にする素振りは見せないのであった。

俺達からしてみれば大騒ぎの状態でも、きっと彼女達からしてみれば慣れたものなのだろう。

「御馳走様、美味しかったわ。じゃ、お目当てのしおりんのメイド姿も見られたことだし、あまり長居するとお店にも迷惑かかるから行きましょうか」

食事を終え、立ち上がったあかりんの呼びかけに応じて、他のメンバーも頷いて立ち上がる。

「あ、もう行くの？」

「ええ、次があるからね。――っと、そうそう、これを渡しておくわ。しおりんはあとで必ず来なさいよ。それからたっくんに、山本くんと清水さんもね。この間はどうも」

少し寂しそうなしーちゃんに、あかりんはポケットから取り出した小さなチラシのようなものを手渡す。

そしてあかりんは、しーちゃんだけでなく俺や孝之、清水さんにもあとで来るようにと声をかけてくれた。

名前を呼ばれた孝之と清水さんは、会うのはプールのあとのファミレスぶりではあるが、ちゃんと名前を憶えていてくれたことに驚いていた。

まだどこへ行くのかも分かっていないが、孝之はもちろんと返事をする。

「ふ〜ん、なるほどね」

そしてしーちゃんはというと、あかりんに手渡されたチラシを見ながら、納得するように頷いていた。

どうやらそのチラシに全てが記されているようで、気になった俺もそのチラシを隣から覗き込む。


『緊急特別企画！　とある高校の文化祭へ侵入したエンジェルガールズ！　果たしてサプライズライブは成功するのか!?』


あかりんが手渡したそのチラシには、そんな文字がでかでかと印字されていた。

つまりは、この文化祭へやってきたシークレットゲストはやっぱりエンジェルガールズのことで、このあとあかりん達はこの高校でライブをするということを意味していた。

しかし、そのチラシは学生が作ったにしてはしっかりしているというか、明らかにプロのクオリティーだった。

つまりこれは、この文化祭主導で作られたものではなく、テレビ局の何かの番組のために作られたものなのかもしれない。

「あ、これまだ公開前のやつだから、くれぐれも取り扱いには注意してね」

驚く俺達に向かって、ニヤリと微笑みながら注意事項を告げるあかりん。

そして、まるでこのタイミングを待っていたかのように、うちの教室へとやってきた文化祭実行委員の上級生達。

その背後には、恐らくあかりん達が連れて来たのであろう、スタッフと思われる大人達の姿もあり、あかりん達が通れるように道が作られていた。

「それじゃ、またあとで」

「またあとでねー！」

「の、後ほど！」

「必ず来るのよ、しおりん」

あかりん、めぐみん、ちぃちぃ、そしてみやみやは口々にそうしーちゃんに声をかけると、教室から出て行くのであった。

周りの大人達に、エスコートされながら去って行く彼女達の背中は、まさしくトップアイドルといった感じだった。

「ねぇたっくん、ここ見て」

みんなを見送ったあと、何かに気付いたしーちゃんが、チラシを指さしながら小声で話しかけてくる。

しーちゃんの指さす箇所を覗き込むと、そこには俺もよく知る言葉が小さく印字されていた。

『エンジェルすぎてすみません！』

それは、彼女達エンジェルガールズが出演する、常に高い視聴率を誇っている人気テレビ番組の名前だった。

俺はそれを見て、なるほどなと納得する。

やはりこれは、この文化祭のためのチラシではなく、あかりん達の番組の宣伝ポップを印刷したものだったのだと。

そこで俺は、あかりんの奥の手という言葉を思い出し、思わず笑ってしまう。

つまりあかりんは、この文化祭へ遊びに来るためだけに、自分達の番組の企画を絡めてきたのだ。

そんな、予想の遥《はる》か斜め上を行く方法で、今日この文化祭へとやってきたエンジェルガールズのみんな。

しーちゃんもそれに気付いたようで、「もう、みんな無茶し過ぎだってば」と呆れるように笑い出す。

それでも、そんな力業《ちからわざ》を使ってでも遊びに来てくれことが嬉しいのだろう。

その表情は、ずっとニコニコと微笑んでいるのであった。

◇

嵐のようにエンジェルガールズが去って行ったあとは、また通常通りメイド喫茶の営業に戻っていた。

しかし、先程の騒ぎでこのクラスにしーちゃんがいることが一般のお客さんにもバレてしまったことで、お客さんの波が途切れることはなかった。

その結果、きっと賑わうだろうと多めに用意していた食材も使い切り、まだ早い時間ではあるものの閉店することとなった。

閉店の張り紙を扉に張り付けると、扉を閉じて教室内にはクラスメイトのみの状態となる。

それからみんなで輪になり、健吾の掛け声に合わせてお互いを讃え合う。

「それじゃあ、みんな！」

「「お疲れ様ー！」」

こうして俺達は、無事全て完売という大きな成果をもって、この文化祭をやり遂げることができた。

準備には相当な時間を要したが、終わってみればあっという間だった。

時計を見ると、まだ昼の一時前。

つまり、うちのクラスの出し物は終わったけれど、この文化祭自体はまだまだ終わってはいないのだ。

だから俺は、しーちゃんをそっと呼び出して、このあと一緒に回ろうと誘うことにした。

「しーちゃん、良かったらこのあと一緒に――」

「回ろう！　たっくんと一緒に、色々見て回りたい！」

その大きな瞳をキラキラと輝かせながら、しーちゃんは俺が言い終えるより先に行きたいと返事してくれた。

こうして俺は、しーちゃんと一緒に文化祭を楽しむことにしたのだが、一つだけ問題があった。

――服装、どうしよう……。

そう、現在俺はウェイター姿で、しーちゃんは刺激たっぷりのメイド服姿なのだ。

これで校内をウロウロしていては、当然周りからの注目を集めてしまうだろう。

ただ着替えるのもそれはそれで大変だろうし、時間が惜しいという考えもあるため、ここは一度しーちゃんに確認することにした。

「服装、どうしようか？」

「何言ってるの、たっくん？　今日は文化祭だよ？」

しかししーちゃんは、俺の問いかけに対してそう言って悪戯に微笑む。

その様子から、どうやらしーちゃんは着替えるつもりなんて全くなさそうだった。

でも、このままだと絶対に注目を浴びちゃうよなぁと思っていると、そんな俺の考えを見透かすように、しーちゃんは言葉を付け足す。

「たっくん、よーく考えてみて？　わたしがメイドだろうと制服だろうと、どっちでも同じじゃない？」

しーちゃんのその一言に、俺はなるほどと納得する。

結局のところ、有名人であるしーちゃんがこの文化祭にいるだけで、何を着ていようと注目を浴びてしまうのだ。

もちろん、今のメイド服姿は刺激が強く、制服以上に注目を浴びてしまう危険性はある。

それでも、しーちゃんの言う通り今日は文化祭なのだ。

こんな非日常的な服装も今日だけは許されるのであれば、それを楽しみたいとしーちゃんは思っているのだろう。

それであれば、もう俺は何も言うことはなかった。

こうして俺達は、メイド姿にウェイター姿のまま、この文化祭を回って楽しむことにしたのであった。

◇

しーちゃんとともに教室から出ると、まずは同じ一年生の教室を見て回ることにした。

しかし、廊下に現れた俺達の姿に周囲からの注目が集まりだす。

さっきまでメイド喫茶で接客をしていた元国民的アイドルが、メイド姿のまま教室から解き放たれたのだ、こうして注目を集めるのも当然だった。

しかし、その中でも想定外だったのが、男子達はともかく、女子達まで頬を赤らめながらこっちを見ているのである。

こんな風に、同性の子達までも釘付けにしてしまう辺り、さすがはしーちゃんだなと俺は思わず感心してしまう。

「……むぅ、やっぱりか」

しかししーちゃんは、そんな言葉を呟きながら、少しだけ頬っぺたを膨らませ不満そうな表情を浮かべるのであった。

そんな膨れる表情すらも、今の服装と何だか合っていて可愛いのだけれど。

「まぁ、やっぱり今の格好は刺激が強いんじゃない？」

俺はそんな膨れるしーちゃんに、笑いながらフォローする。

こんな格好で出歩いているのだから、ある程度は仕方ないよと。

しかし、そんな俺の言葉に対してしーちゃんは「やっぱりたっくんは、ちょっと鈍感なところがあると思います」と、不満そうにするのであった。

そんな予想外の返答に、理由はよく分からないがここは話題を変えることにした。

「あ、ねぇしーちゃん見て！　お化け屋敷だって！」

「えっ？　あ、うん。そうだね」

「入ってく？」

「え？　いや、お化けはちょっと！……」

「じゃ、行こっか！」

有無を言わさず、俺は少し嫌がるしーちゃんの手を取りお化け屋敷の中へ入っていく。

俺はこの間の遊園地で知っているのだ、しーちゃんは怖いものが苦手なのだと。

だから俺は、膨れるしーちゃんの気を紛らわす意味でも丁度良いと思い、少し強引にお化け屋敷の中へと入ってみることにした。

まぁこの間の遊園地は、本当のお化け屋敷だったから怖かったかもしれないが、今回は学生による手作りなのだ。

そんな素人によるお化け屋敷のクオリティーならば、それ程本格的な恐怖もないだろうと高を括った俺は、不安そうにくっ付いてくるしーちゃんを大丈夫だからと安心させる。

お化け屋敷に入ってみると、中はカーテンで閉め切られており、薄っすらと灯された通路は不気味な雰囲気がちゃんと醸し出されていた。

「へぇ、思ったより本格的だね」

「も、もう、たっくん離れないでね……」

意外とちゃんとお化け屋敷していることに感心する俺と、普通に怖がるしーちゃん。

しかし、やはり置かれたお化けと思われるオブジェは手作り感満載で、これで怖がるには少し迫力不足だった。

それでも、しーちゃんはやっぱりお化けが苦手なようで、そんな手作り感満載のお化けのオブジェにもしっかりと怖がっていた。

前のお化け屋敷の時と同じように、しーちゃんは俺の腕にピッタリと抱き付いてくるのだが、今はメイド服姿なこともあり、俺は違う意味でドキドキしてしまうのであった。

そしてこのお化け屋敷も、すでに終わりに差し掛かっていた。

俺達は細く仕切られた道を回ると、最後の曲がり角の手前に大きめなお化けのオブジェが置かれていることに気が付く。

その見た目はやっぱり手作り感満載で、正直怖いというより面白さの方が勝っているようなクオリティーだった。

まぁそんなところも、文化祭ならではだよなとちょっと微笑ましくなる。

みんな色々と工夫をして、一から作り上げているというのが大切なのだ。

だが、そんなに呑気に構えてられるのもそれまでだった――。

何故なら、そのお化けのオブジュがいきなり立ち上がると、大声を発しながら襲い掛かってきたのである。

これには俺も不意打ちをくらってしまい、思わず驚いてしまう。

となれば、苦手なしーちゃんは当然もっと驚いてしまう。

驚くしーちゃんは、慌てて俺の腕に全力で抱きつきながらキャーと声を上げる。

その結果、あの遊園地のお化け屋敷の時と同じように、俺の腕にはむにゅっとした柔らかい感触が伝わってくるのであった。

今のメイド姿も相まってか、その感触はより鮮明というか、とにかく柔らかかった――。

こうして、すっかり恐怖より感触が勝ってしまった俺は、怖がるしーちゃんのため急いでお化け屋敷から脱出することにした。

去り際、抱き合う俺達に向かって背後のお化けから「チッ」という舌打ちが聞こえてきた気がするのだが、まさかお化けがそんな舌打ちなんてするはずないから、これはきっと気のせいに違いないだろう――。

そんなわけで、最後は素人が故の掟破りの演出にしっかりと驚かされつつ、お化け屋敷を堪能することができたのであった。

しかし、隣でゼェゼェと息を切らしているしーちゃんを見ていると、ちょっぴり申し訳なくなってしまうのであった。

◇

今日はずっとバタバタしていたこともあり、まだお昼ご飯を食べていない俺達は、次に校庭に並ぶ屋台の方へ行ってみることにした。

実際に校庭へ行ってみると、そこには数々の屋台が立ち並んでいた。

前日から骨組みの用意をしていたため、大体どんな感じで出店されるのかは分かっていたのだが、実際にこうして営業され、沢山の人で賑わっている光景を見るとお祭りという感じがして全然違って見えた。

「うわぁ、本当にお祭りって感じだね！」

すっかり機嫌を直してくれたしーちゃんは、その光景を見ながらワクワクとした様子で微笑む。

その姿はまるで、テーマパークへ遊びに来た子供のように無邪気で、どれがいいかなぁと悩んでいるその姿はとにかく可愛かった。

屋台と言えば、この間の花火大会の時は一緒に回ることができなかったから、今日こうして一緒に屋台を回ることができるのは俺としても嬉しかった。

「行こっ！　たっくん！」

そしてしーちゃんは、俺の手を取って駆け出す。

こんな公衆の面前で手を繋いだらとも思ったが、こんなにも楽しそうにしてくれているしーちゃんに、そんなことは言えなかった。

実際に屋台の前へやってくると、定番のたこ焼きや焼きそばはもちろん、変わり種として焼きナポリタンなんてものまで並んでいた。

どの屋台も、一つでも多く売り上げようと必死な様子で、客の呼び込み合戦はとても活気に溢れていた。

そんな活気の良さもお祭りって感じがして、こうして見ているだけでも楽しくなってくる。

「しーちゃん、どれがいい？」

「んー、やっぱりシェアできるたこ焼きかな！」

しーちゃんに何が食べたいか聞くと、ニヤリと微笑みながらたこ焼きと即答する。

この間もたこ焼きを一緒に食べた気がするけれど、即答する程食べたいと言うなら断る理由もなかったため、たこ焼きの屋台へと向かうことにした。

「お、いらっしゃい！　どれにしま――って、えぇ!?」

店員の先輩が、まるで本物の職人のように元気よく接客してくれたのだが、やってきたのがしーちゃんだと気が付くと、その勢いのまま見事に驚いて固まってしまっていた。

それはその先輩だけでなく、既にこの場に居合わせた人達の多くは、突然現れたメイド服姿の元国民的アイドルの姿に驚いていた。

「うわぁー良かったぁー！　持ち場があるから行けないと思ってたけど見れたぁー！」

　どこからともなく、そんな喜びの声まで聞こえてくるのだから、しーちゃんの人気というのはやっぱり凄かった。

「たこ焼き一つ、下さいな！」

「あ、あいよ！　──っと、しおりんがお客さんとあっちゃー、サービスしないわけにはいかねぇなっ！　これはサービスだ！　二つ持っていきなっ！」

　固まってしまっていた先輩だが、気を取り直すとそう言ってたこやきを一つサービスしてくれた。

　そんな先輩からのせっかくのご厚意を断る理由もないため、ありがたく一つサービスして貰ったたこ焼きを購入したのであった。


　それから俺達は、校庭の端にある石の上に二人で腰掛けながら、一緒にたこ焼きを食べることにした。

　ここならば人目にも付き辛いため、ようやく二人で落ち着くことができた。

「うん、美味しいね」

「そうだね、手づくりって感じがしていいね」

一口食べてみると、素朴ながらもとても美味しかった。

この間フードコートで食べた、中がトロトロのたこ焼きとは違い、中までしっかりと詰まった昔ながらのたこ焼き。

これはこれで、定期的に食べたくなるような味わいがあった。

「じゃ、はいたっくん、アーンして」

「え、いや、み、みんなに見られるから！」

「ここなら誰も見てないって！　ほら、アーン」

「じゃ、じゃあ……アーン」

ちょっと強引に、アーンと迫ってくるしーちゃん。

きっとしーちゃんは、これがしたかったからたこ焼きと即答したのだと気付く。

まぁここならば、たしかに誰にも見られることもないかと思い、俺はその差し出されたたこ焼きをアーンと一口で頂く。

すると不思議なことに、さっき自分で食べたたこ焼きよりも美味しく感じられるのであった。

これはきっと、しーちゃんからアーンをして貰ったからに違いないだろう。

そう思った俺は、この不思議な現象を是非ともしーちゃんにも体感して貰うことにした。

「じゃ、しーちゃんもほら、アーン」

「え？　わ、わたしはいいよ！　み、みんなに見られるから！」

「大丈夫、ここなら誰も見てないんでしょ？　ほら、アーン」

「あぅ……じゃ、じゃあ……ア、アーン」

俺のアーン返しに、しーちゃんは恥ずかしそうに顔を赤らめながら口を広げ、差し出されたたこ焼きをパクリと口に含んだ。

そしてモグモグとしているその姿は、どこか小動物のような可愛さもあり、見ているだけで癒される。

「どう？」

「お、おいひぃよ！」

堪らず俺は、そんな小動物のように可愛いしーちゃんに味の感想を聞いてみる。

するとしーちゃんは、まだモグモグしている最中だけれど、一生懸命味の感想を伝えてくれた。

もうその仕草の全部が可愛すぎて、今すぐに抱きしめてしまいたくなってしまった俺は、どうやらバカップル化が重症レベルまで進行してしまっているようだ。

もし、高校入学当初の自分が今の俺を見たら、きっと驚くとともにドン引きするに違いないだろう。

それぐらい、今の自分は我ながら本当に変わったよなと笑えてきてしまう。

でもそれは、何も悪いことではなく、とても幸せなことなのだ。

こうして俺達は、文化祭で賑わっている様子を遠巻きに眺めながら、たこ焼きを美味しく頂いたのであった。

そして、時計を確認すると早いものでもう午後の二時を少し過ぎていた。

そろそろ良い時間だねということで、たこ焼きを食べ終えた俺達は、次に体育館へ向かうことにしたのであった。

◇

体育館へ着くと、舞台上で三年生による演劇が行われていた。

演目はコメディーのようで、檀上で芸人のようにボケる度に、集まった人達からは笑いが起きていた。

席は既に結構埋まっているため、俺達は一番奥の空いているパイプ椅子に腰かけることにした。

入り口で受け取った演目のタイムスケジュールを確認すると、今行われている演劇は最後から三番目の演目だった。

このあと軽音楽部の演奏と続き、そして最後はシークレットゲスト登場という順になっているようだ。

周囲に目を向けると、次第に体育館には人が増えてきており、どうやらシークレットゲストがエンジェルガールズだという噂は広まっているようだった。

まぁ既に文化祭に顔を出しているのだから、当然と言えば当然だろう。

そのため、みんな少しでもいい席でエンジェルガールズを見ようと、前の方の席からどんどん埋まっていくのであった。

「お、卓也達もう来てたのか」

そう声をかけてきたのは、孝之だった。

隣には清水さんの姿もあり、しーちゃんと同じくメイド服姿のまま、孝之の隣に寄り添うようにピッタリとくっ付いていた。

そんな風に、堂々とくっ付き合っている二人を見ると、どうしても羨ましく思えてきてしまう。

でも俺達の場合、関係を公に明かすわけにはいかないのだから仕方がなかった——。

こうして孝之達も合流し、四人で一緒に演劇を楽しむこととなった。

先輩方の、いい意味で下らない演劇は中々面白く、隣でしーちゃんも一緒に笑ってくれていることが俺は嬉しかった。


演劇が終わり、お次は軽音楽部の演奏が行われる。

舞台上には本格的なドラムセットまで運び込まれており、その様子にこれからライブが始まるのだという実感が湧いてくる。

ライブで思い出すのは、やはり以前行ったガールズバンド『ＤＤＧ』のライブイベントだろう。

あの時は、孝之が親に貰ったというライブチケットのおかげで、俺は初めて本格的なライブイベントを楽しむことができた。

そしてサプライズゲストとして、エンジェルガールズのみんながステージに現れたかと思うと、俺の隣には元エンジェルガールズのしーちゃんの姿まで現れ、あの時は本当に驚いたことを思い出す。

そのまま元エンジェルガールズのしーちゃんと一緒に、エンジェルガールズのステージを見ていたあの時のことは、今思い返しても普通はあり得ないことだろうと笑えてきてしまう。

そんな思い出し笑いをする俺に気付いたしーちゃんは、不思議そうに小首を傾げる。

それでも、俺が楽しそうにしていることが嬉しいのか、ふんわりと微笑みながら俺の手をそっと握ってくるのであった。

今日もこのあと、恐らくエンジェルガールズのライブがここで見られるはずだ。

つまりそれは、あの時のＤＤＧのライブと同じ状況。

あの時は、あかりんに誘われてしーちゃんもステージに上がったのだが、必ず来るようにという一言から察するに、今回も何かあるのは間違いないだろう。

そんなことを考えながらしーちゃんの方を向くと、そこには目が合ったことで嬉しそうに微笑んでくれるしーちゃんの姿があった。

そんな天使のような微笑みに、俺も自然と微笑み返す。


――しーちゃんは、どうしたいのかな。


アイドルとしての自分と、普通の高校生としての自分――。

もしかしたら、このあとしーちゃんはその選択を迫られるのかもしれないと思うと、気にならないはずがなかった。

でも今は、こうしてしーちゃんが楽しんでくれているならそれでいい。

今はただ、この文化祭を最後まで楽しもう。

先のことなんて正直分からないけれど、この関係だけは、これからもずっと続けばいいなと願いながら――。

第七章　サプライズゲスト

「お前らぁ！　今日は最後まで盛り上がっていくぞぉ!!」

「「うぉおおおー！」」

その掛け声とともに、軽音楽部のライブが始まった。

ボーカルの先輩の声に合わせ、一気にみんなの熱気は急上昇する。

そして演奏が開始されると、生演奏ならではの重低音が体育館に響き渡る。

演奏されているのは有名なロックの曲で、みんな知っている曲のおかげで集まった人は全員ノリノリで楽しんでいた。

こういうのは座って楽しむものでもないと、自然とみんな立ち上がり盛り上がるため、俺達も立ち上がって一緒にライブを楽しむ。

そうして生まれる一体感も相まって、ライブは一曲目から大盛り上がりとなる。

何て言うか、こうしているとみんなで一つのお祭りを作り上げている感じがして、俺はそれが嬉しかった。

このライブだけでなく、俺達のやったメイド喫茶や、掟破りのお化け屋敷、それからサービスしてくれた屋台のたこ焼きの先輩方など、一つ一つが集まることでこうして一つのお祭りになっているのだ。

文化祭なんて、きっとどこの学校でも等しく行われているような行事なのかもしれない。けれど、みんな今日まで準備を頑張ってきたおかげで、こうして最後までみんなで楽しめる文化祭を作り出すことができているのだ。

それは本当に凄いことだし、この文化祭はこの高校でしか味わえない、みんなにとって特別なお祭りになっているに違いない。

演奏と歌声につられて、どんどん体育館には人が集まってくる。

そして、一曲目が終わる頃には満員状態となった観客からは、割れんばかりの歓声が沸き上がる。

「凄いね！」

そんな盛り上がる様子に、隣にいるしーちゃんも本当に楽しそうに口を開け、両手を合わせながら小さくぴょんぴょんと飛び跳ねて喜んでいた。

その可愛い仕草も、喜んでいる表情も、全てが本当に愛おしいなと思いながら、俺も一緒に盛り上がった。

きっとしーちゃんにとって、今日の文化祭――いや、今日までの準備も含め、普通の女子高生として楽しんで貰えているに違いない。

楽しそうに微笑んでいるしーちゃんを見ていれば、わざわざ言葉にされなくてもその様子からしっかりと伝わってくるのであった。


軽音楽部の最後の演奏が終わる。

会場からは、割れんばかりの拍手と声援が飛び交う。

こうして、本来であれば今日の文化祭の出し物は全て終了となるはずだった。

しかし今日はこのあと、シークレットゲストが控えているのだ。

ついにその時がきたと体育館内もざわつき出し、絶対にエンジェルガールズだよなと期待するような声があちこちから聞こえてくる。

そして、舞台上から軽音楽部の楽器がステージ裏へ撤収されると、突然体育館の照明が全て落とされる。

その変化に、一気に歓声が沸き上がる。

いよいよシークレットゲストの登場かという、期待と興奮で会場が埋め尽くされたその時だった――。

「それじゃー行くよ！　ワンツースリー！　ゴー！」

マイク越しに響き渡るその掛け声とともに、エンジェルガールズのデビュー曲のイントロが流れ出す。

そしてステージの脇から、エンジェルガールズの四人が元気よく飛び出してきたのであった。


ステージ上のエンジェルガールズに向かって、大きな歓声が沸き起こる。

みんな予想はしていたけれど、いざこうして生のエンジェルガールズが目の前に現れたことで、ここに集まった観客は全員興奮を隠せない様子だった。

それも無理はなく、彼女達は現役の国民的アイドルであり、今日本中で一番注目を集めているトップアイドルなのだ。

そんな彼女達が、こんな普通の高校の文化祭に現れたのだから、こうして大盛り上がりとなるのは当然だった。

そして駆け抜けるように歌われるのは、エンジェルガールズのデビュー曲『これから』。

この曲は、これから自分達がアイドル道を駆け上がっていく決意を歌った元気いっぱいの曲で、ファンの中では「原点にして至高」と言われている程、代表曲の『Ｓｔａｒｔ』と並んで人気の一曲となっている。

なんて、俺も随分とエンジェルガールズについて詳しくなったものだなと思いながら隣を向くと、しーちゃんはみんなのことを見守るように、舞台上で歌って踊るみんなの姿をじっと見つめていた。

そんな、かつては彼女達と一緒にステージの上で歌って踊っていたしーちゃんは今、彼女達を見て何を思っているのだろうか――。

もう一度アイドルとして、みんなと一緒にステージの上で輝きたいと思っていたりするのだろうか――。

「……みんなキラキラして、可愛いね」

すると、ステージを見つめながらしーちゃんは、俺にだけ聞こえるようにそんな言葉を口にする。

みんなキラキラしている、か――。

その言葉を受けて、俺も再び舞台上へ目を向けると、そこには歌って踊るエンジェルガールズの姿。

みんなアイドルとして弾けるような笑顔を浮かべ、完璧とも言えるその振り付けと歌声は、たしかに俺達一般人とは違いキラキラと輝いているようだった。

彼女達は、決してこれが文化祭だからと手を抜くこともなく、いつだって全力でアイドルとしてみんなを楽しませようとしてくれているのだ。

気が付けば、最初は大盛り上がりだった会場も静まり返っていた。

それは決して、盛り下がっているわけではない。

この会場に集まっている全員が、エンジェルガールズのそのパフォーマンスに魅入られ、ステージに釘付けになってしまっているのだ。


そして会場内は、不思議な一体感に包まれる――。

たった一曲で、会場はエンジェルガールズの色にしっかりと染まっているのであった。


人を引き付けるとは、こういうことなのだろう。

元々ファンの人もそうではない人も、等しく釘付けにさせてしまうほどの特別な魅力。

それこそが、彼女達がアイドルの頂点たる所以《ゆえん》なのだろうと、そのステージで改めて分からされるのであった。

◇

「――ってことで、皆さん盛り上がっていますかー？　せ～のっ！」

「「『わたし達、『エンジェルガールズ』ですっ!!』」」

一曲目を歌い終わったところで、あかりんのリードに合わせてエンジェルガールズのみんなが会場へ挨拶をする。

すると、先程まで止まっていた時が動き出すように、会場からは割れんばかりの歓声が沸き起こる。

口々に叫ばれるメンバーの名前に、ステージ上の彼女達は手を振って応える。

その神対応とも言える近すぎる距離感に、会場の声援はやむどころか更に盛り上がりを増していく。

普通なら、ライブチケットを取るのも一苦労な彼女達が、突然こんな文化祭に来てくれているのだ。

そんな憧れのアイドルを前にして、みんなが興奮するのも無理はなかった。

先程のオフの服装ではなく、アイドル衣装に着替えた今の彼女達は、その見た目も立ち振る舞いも、その全てが間違いなくアイドルそのものだった。

四人共タイプが異なる美少女で、共通しているのは全員が超越したレベルの容姿をしているということ。

それは今隣にいるしーちゃんも同じで、彼女達五人が同じアイドルグループに集まったのが奇跡と言えるほど、最早これで人気が出ない方がおかしいレベルだった。

「むぅ……た、たっくんは、この四人のうち誰がタイプなの？」

すると、まるでそんな俺の心を読むように、突然しーちゃんは誰がタイプなのかと聞いてくる。

まさか本当に心を読んだわけではないだろうから、きっとしーちゃんは口々にメンバーの名前が呼ばれている光景に、俺はどう思っているのか気になってしまったのだろう。

気まずそうに、でもとても気になる感じで聞いてくるしーちゃんは、ここでも少し挙動不審というか、必死な感じもちょっと可愛かった。

ただ、しーちゃんが気になると言うのなら、俺はその質問に答える必要があるだろう。

「俺の好きなタイプは、しおりんだけだよ」

敢えてアイドル時の呼び方で、俺はそう即答した。

するとしーちゃんは、途端にその顔を真っ赤に染めていく。

「そ、そっか……えへへ」

そしてしーちゃんは、恥ずかしそうにそう呟きながら、みんなから見えないようにそっと俺の服の袖をちょこんと摘まんでくるのであった。

そんなしーちゃんからの歩み寄りに、俺はそれだけでドキドキさせられてしまう。


「――うん、じゃあもういいよね」


そしてしーちゃんは、何かを決心するようにそんな言葉を呟く。

それが何を意味するのかは分からなかったが、呟いたしーちゃんからは強い決意みたいなものが感じられるのであった――。

◇

「わぁ、わたし文化祭って初めて来たよ！」

「わ、わたしもっ！」

「お祭りって感じね！」

舞台上では、エンジェルガールズのフリートークが始まる。

めぐみん、ちぃちぃ、みやみやがそれぞれ、文化祭に対する感想を言い合う。

そしてそんな様子を、舞台の脇から出てきたテレビ局のカメラマンが、彼女達の姿と会場の様子を撮影していた。

テレビカメラには、エンジェルガールズの冠番組である『エンジェルすぎてすみません！』の番組ロゴが貼られており、それが番組のための撮影であることが窺えた。

「ってことで、みんな元気ぃー？　文化祭楽しんでいますかぁー？」

そしてあかりんの呼びかけに、会場からはまた歓声が沸き起こる。

「急に来ちゃってごめんなさい！　わたし達は今『エンジェルすぎてすみません！』って番組の企画で来ているのだけど、みんなは知ってるかなぁ？」

あかりんの質問に、会場からは「知ってるよー！」という声が上がる。

その様子に、あかりんは満足そうにうんうんと頷いた。

「みんなありがとう！　それで今日は、番組のお便り企画に、こちらの文化祭実行委員から遊びに来て欲しいとお便り頂きまして、こうしてサプライズで遊びに来ちゃいました！」

あかりんがそう説明すると、舞台の脇から文化祭実行委員のみんなが恥ずかしそうに出てきた。

それから、エンジェルガールズと文化祭実行委員のトークが行われ、テレビで見るのと同じようにおどけるエンジェルガールズのトークに、会場からは笑いが起きていた。

――あれ？　でもあかりんは、奥の手を使うって言っていたような……？

文化祭実行委員の人からお便りを貰ったのであれば、これは元々計画されていたことなのでは？

なんて疑問が湧きつつも、まぁその辺はあとで聞いたらいいことだと今は深くは気にしないでおくことにした。

こうして、文化祭のサプライズは見事大成功ということで、彼女達のフリートークが終わる。

そしてエンジェルガールズのみんなが、もう一曲歌っていってくれるということになり、会場からはまた割れんばかりの歓声が沸き起こる。

そのもう一曲とは、みんなお馴染みエンジェルガールズの代表曲『Ｓｔａｒｔ』だった。

エンジェルガールズの中でも一番有名な曲のため、イントロが流れ出した瞬間、会場の熱気は一気に最高潮に達する。

　この曲は俺も大好きな曲だから、また生で聞けることが嬉しかった。

　舞台上で、元気よく歌って踊るエンジェルガールズのみんなは本当に輝いていて、一曲目と同様、彼女達は最高のパフォーマンスを見せてくれる。

　今歌われている『Ｓｔａｒｔ』という曲は、頑張っている人達へ向けられた応援歌であり、その歌詞は今回の文化祭をやり遂げたみんなに向けられているようにも感じられた。

　そう感じているのは俺だけでなく、ここへ集まったみんなもきっと同じなのだろう。

　気が付けばみんな、一曲目同様にエンジェルガールズの歌声に聞き入っているのが分かった。

　そして歌い終えるのと同時に、会場からは今日一番の拍手が鳴り響く。

　それは、エンジェルガールズに向けられるのと同時に、自分達にも向けられているようだった。

　会場からは「ありがとう！」という声があちこちから聞こえてきて、無事に今回の文化祭をやり遂げたことを、みんなで讃え合うように声が交わされていた。

　そんな、みんなで成功を分かち合うような一体感が体育館に生まれたところで、舞台上のあかりんが手を振りながら口を開く。

「今日は、こんなに素敵な文化祭に呼んでくれてありがとう！　じゃねっ！」

その言葉とともに、舞台上のエンジェルガールズのみんなは舞台袖に下がっていってしまったのであった。

つまり、これで今回の文化祭も終了となる。

達成感や名残惜しさ、そんな様々な感情を抱きつつ、今はぼーっとエンジェルガールズが去って行った舞台上を眺めていると、突然舞台袖から再びあかりんがひょっこりと顔を出すのであった。

その光景に、会場内は再びざわつき出す――。

「と！　いうことで、『エンジェルすぎてすみません！』の収録はこれにておしまい！」

そして、あかりんのその言葉に合わせて、他のエンジェルガールズのみんなも舞台上に再び現れるのであった。

「今からは、テレビ収録なしの完全プライベートってことで――来なさい！　しおりん！」

そう言ってあかりんは、俺の隣にいるしーちゃんを舞台上へ誘うのであった。

その光景は、まるでＤＤＧのライブの時の再現だった――。

「やっぱり、こうなるかぁー」

急に名前を呼ばれたことで、諦めたように笑うしーちゃん。

「ど、どうする？　大丈夫？」

「うん、ありがとうたっくん。わたしも丁度、みんなに言わないといけないことがあるから行ってくるね！　――だから、たっくんはその、これからわたしが勝手なことを言うかもしれないけど、ちゃんとここで聞いていて欲しいな」

何かを決心するように、ここで聞いていて欲しいと言うしーちゃん。

その言葉に俺は、「分かったよ」とだけ返事をして頷いた。

しーちゃんはニコリと微笑むと、「じゃ、行ってくるね」と舞台上へ向かって歩き出す。

その様子に、会場は一斉にどよめき出す。

アイドルしおりんの復活を期待するように、会場のボルテージは一気に最高潮に達していく。

これからまた、フルメンバーのエンジェルガールズが復活しようとしているのだから、この盛り上がりは当然だった。

そんな光景を前に、俺の頭の中に一つの可能性が過る――。

そして、もし俺の思っている通りだとするならば、俺はこれからどうするのが正解なのだろうか――。

考えてはみたものの、答えなんて出るはずがなかった。

だから俺は、しーちゃんがこれからみんなに何を言おうとしているのか、今はただ言われた通り、舞台の下から見守ることしかできないのであった――。


「もう、いつも強引なんだから」

舞台へ上がったしーちゃんが、誘い出したあかりんに向かって文句を言う。

すると、その一言に呼応するように会場は一気に大盛り上がりとなる。

引退したはずのしおりんが再び加わり、久々に人前でフルメンバーとなったエンジェルガールズ。

その姿が見られるだけでも、ファンからしたら堪らない光景だった。

実際、俺だってしおりんのいるエンジェルガールズが見られることが嬉しかった。

今のメンバーがどうこうではなく、やっぱりそこにしおりんがいてこそのエンジェルガールズという感じがするからである。

でも同時に、俺の心の中では嬉しい半面不安も過る。

もしこのまま、しーちゃんがエンジェルガールズに復帰することになったとしたら、これから先どうなってしまうのだろうかと――。

それこそが、先程俺の頭の中に過った可能性だった。

もしもしーちゃんが、普通の女の子であることに満足し、再びアイドルに戻りたいと思っているのだとしたら――。

そう考えると、先程のしーちゃんの決心にも合点がいくのであった。

「いいじゃない。今日は文化祭なんだから、サービスよサービス」

文句を言うしーちゃんに対して、笑って流すあかりん。

さすがはリーダーというべきか、あかりんはみんなの扱いがとにかく上手かった。

「また一緒に歌えるの、嬉しいよ！」

「うん！　わ、わたしも！」

「そうね、しおりんがいてこそのエンジェルガールズだわ」

めぐみん、ちぃちぃ、そしてみやみやも、嬉しそうにしーちゃんの元へ駆け寄る。

そんなメンバーの様子に、しーちゃんも嬉しそうに笑って応えていた。

「よし、丁度しおりんがメイド服を着ていることだし、久々にあの曲行っとこうよ」

あかりんがニヤリと笑いながらそう言うと、他のメンバーも何のことかすぐに伝わったようで、いいねと二つ返事で賛成する。

そしてしーちゃんも、仕方ないなというように頷いたことで、これから歌う曲が決まったようだった。

「それじゃ、みんなでもうちょっとだけこの文化祭を楽しんでいきましょう！　今からはテレビも全部関係なし！　今ここだけの特別ステージよ！」

あかりんのその言葉に合わせて、曲のイントロが流れ出す。

「それじゃあ聞いてください、『あなただけの召使い』」

それは、以前しーちゃんがカラオケでも歌ってくれた曲。

PVではメイド服を着ていることから、たしかに今の状況には持ってこいの一曲だった。

しーちゃんをセンターに置いて、歌って踊るエンジェルガールズのみんな。

久々に踊っているはずのしーちゃんだが、何度も踊ってきたから身体に染みついているのだろう。

全くブランクを感じさせない、完璧なパフォーマンスを見せてくれていた。

そして何より、しーちゃんの歌声が加わることで完成しているというか、しっくりと感じられるのであった。

それは会場のみんなはもちろん、舞台上で歌う彼女達もきっと同じ気持ちなのだろう。

踊りながらも、楽しそうに顔を見合わせて微笑み合っているその姿からは、こうしてまた一緒に歌っていられることを喜んでいるのが伝わってくる。

やっぱり、しおりんがいてこそのエンジェルガールズ――そんな思いが、ここにいるみんなの中に広がっていく。

だから俺も、やはり今答えを出すしかなかった。

もしもしーちゃんが、エンジェルガールズへの復帰を望んだ時に対する答えを――。


『――うん、じゃあもういいよね』


しーちゃんの呟いた、その言葉が脳裏に蘇る。

その言葉とともに、何かを決心した様子だったしーちゃん。

そして今、エンジェルガールズのみんなと楽しそうに歌って踊っているその姿に、その決心が何だったのかはもう察しがついてしまう。

しーちゃんは再び、アイドルに戻りたいのだろうと――。

もし、しーちゃんがそれを望むのであれば、俺はもう受け入れるしかないだろう。

きっとそうなったら、今より会う時間はぐっと減るだろうし、なんならもう会うことすら難しくなってしまうのかもしれない。

でもそれは、しーちゃんだって同じなのだ。

その上で、もししーちゃんがもう一度アイドルに戻りたいと言うのであれば、もう俺には引き留めることなんてできるはずがなかった。

しーちゃんの人生、しーちゃんが自分で決めたことならば、俺はその決断を尊重したいと思うから――。

ただ、できることならば、これからもしーちゃんの人生の中で、ずっと傍にいられたらいいなと思う。

そんな気持ちを巡らせながら、このあとしーちゃんが何を言うのかは分からないが、何を言われても受け入れるという覚悟を決める。

そして同時に、これから何を言われても俺は、しーちゃんのことを諦めるなんて真似だけは絶対にしないことも合わせて誓う。

元々、不釣り合いな関係なのだ。

だったら俺はもう、四の五の考えるのではなく、しーちゃんの一番近くにいるのに値する男になるしかないのだから――。


ステージ上では、『あなただけの召使い』の曲が終わる。

すると会場からは、割れんばかりの拍手と歓声が沸き上がる。

その鳴り止まない歓声は、ここに集まっている人全員が、アイドルしおりんの復活を期待しているようだった。

そんな盛り上がりを見せる中、舞台上のしーちゃんは一歩前へと歩み出る――。

その様子に、会場は次第に静まり返っていく――。

そしてしーちゃんは、会場のみんなが静かになったのを確認すると、ゆっくりとその口を開く――。


「この場を借りて、みなさんに伝えたいことがあります」

真剣な眼差しで話し出すしーちゃんの言葉に、会場のみんな、そしてエンジェルガールズのみんなは固唾を呑んで耳を傾ける。

そして俺も、いよいよかと覚悟を決める。

心臓の鼓動は速まり、不安と緊張でどうにかなってしまいそうになる気持ちをぐっと堪えながら、俺もしーちゃんの言葉に耳を傾ける。

きっとしーちゃん自身も、緊張しているのだろう。

一度深呼吸をすると、空いた方の手をぎゅっと握りしめる。

そしてしーちゃんは、覚悟を決めるように会場を真っすぐ見つめながら、ゆっくりとその口を開く――。


「――わたしは」

静まり返る会場に、しーちゃんの声だけがはっきりと響き渡る。

「――わたしは今、好きな人がいますっ！」

そして、ついに語られたその言葉は、ここにいる誰もが予想しない言葉だった。

そのまさかのカミングアウトに、ざわつく会場内。

だが、しーちゃんの言葉はまだ終わらない。

強い決意とともに、しーちゃんは続けてその口を開いた。

「――わたしは、一条卓也くんのことが好きですっ！　好きで好きで、ほんっとうに大好きなんですっ!!　だからもう、周りを気にしないで普通の女の子として、一緒に過ごしていたいんですっ!!」


その言葉はまさしく、しーちゃんの覚悟だった――。

これまでずっと溜め込んできたものを、全て吐き出すように語られたその言葉は、まさかのしーちゃんからの告白だった。

既に付き合っているのだから、ここでそんなことを言う必要はなかったのかもしれない。

それでもしーちゃんは、こうしてみんなの前でちゃんと自分の気持ちを言葉にしてくれたのだ。

ずっと懸念していた、俺達の関係が知られることによるリスクも全て受け入れる覚悟の上で、それよりも俺との関係を大切に思い、こうしてみんなに向けてしっかりと宣言してくれたのである。

エンジェルガールズのしおりんではなく、三枝紫音という一人の女の子として生きていく決意とともに――。

だから俺も、覚悟を決めて返事をする。

しーちゃんが求める形となるように、真っすぐ舞台上のしーちゃんのことを見つめ返しながら。


「俺も！　俺も三枝紫音さんのことが、大好きです!!」


一番後ろの席からでも、しーちゃんまでちゃんと気持ちが届けられるように、俺は腹の底から声を振り絞りながら叫んだ。

しーちゃんに対して、これで二度目の告白となったわけだが、一回目の告白以上に俺は強い思いで言葉を発したように思う。

そんな絞り出した俺の言葉は、どうやらちゃんとしーちゃんの元まで届いたようだった。

舞台上のしーちゃんは、両手で口元を覆いながら、喜びとともに涙を流してくれている姿がしっかりと見えるから――。

そんな俺達のやり取りに、会場は驚きとともに静まり返ったものの、パチパチと手を叩く音が聞こえてくる。

それは、舞台上に立つエンジェルガールズのみんなから発せられている音だった。

エンジェルガールズのみんなが、俺達を祝福するように拍手をしてくれているのである。

すると、それに合わせるように会場からも拍手が鳴り出し、あっという間に会場は拍手の音に包まれていく。

「おめでとう！」

「幸せになれよー！」

「やっぱ文化祭はこうでなくっちゃなー！」

「ちくしょー！　俺実は狙ってたのになぁー！」

会場のあちこちから、そんな声が聞こえてくる。

その声と拍手に、途端に恥ずかしくなってしまった俺は、どんどん顔が熱くなってきてしまう。

「男になったな、卓也」

「二人とも、おめでとう」

隣にいる孝之と清水さんが、そんな俺に声をかけてくれる。

清水さんは、本当に嬉しそうに微笑みながら、俺達二人のことを祝福してくれている。

そして孝之は、俺の肩に腕を回しながら、嬉しそうに笑いながらも涙を流してくれた。

そんな二人の気持ちが、本当に嬉しかった。

大切な親友――そして、大切な彼女が傍にいてくれる今の俺は、本当に幸せ者になったことを実感するのであった。

◇

しーちゃんからの突然の告白。

それは誰もが予想はしなかったものであり、これにより俺達の関係は学校中に知れ渡ることとなった。

しかしそれも、全てしーちゃんの決意によるものであり、本当の意味でエンジェルガールズのしおりんではなく、三枝紫音という一人の女の子でいることを決めた瞬間でもあった。

そんなしーちゃんの覚悟を、エンジェルガールズのみんなも受け入れてくれたのだろう。

会場の空気を変えるように、あかりんが口を開く。

「——正直に言うとね、このましおりんがアイドルに復帰してくれないかなーって、ちょっとだけ狙ってたんだけどね。でも、今のでしおりんの気持ちはよく分かったわ。——全く、文化祭でアイドルの方から告白するなんて、前代未聞じゃない。——ううん、それももう違うのね。紫音はもうアイドルじゃなくて、一人の女の子なのよね」

諦めるように笑うあかりんの言葉に、しーちゃんは申し訳なさそうに頷く。

「ごめんねあかりん、それからみんなも。やっぱりわたしは、わたしの道を行くよ」

そしてしーちゃんは、メンバーのみんなにも、自分の決意をはっきりと告げる。

その言葉に、あかりんも他のメンバーも、笑って応えてくれていた。

「ま、いいわ。続きは裏で、色々聞かせて貰うわよ？」

そう言うと、あかりんは会場の方を向く。

「というわけで、これで本当のおしまいです！　今日は素敵な文化祭に呼んでいただき、本当にありがとうございました！　わたし達もとっても楽しかったです！　今後とも、エンジェルガールズ、それから——紫音のことを、どうぞよろしくお願いします！」

その言葉とともに、あかりんが会場に向かって深く頭を下げると、それに合わせるように他のメンバー、そしてしーちゃんも一緒に頭を下げる。

するとか会場からは、彼女達に向かって今日一番の割れんばかりの拍手が鳴り響く。

そして、舞台上からエンジェルガールズのみんなとしーちゃんが去って行ったことで、最後は本当に色々あったけれど、無事に文化祭は終了したのであった。

◇

少し様子を見ようという孝之の提案に応じて、みんなから遅れて孝之と清水さんとともに教室へと戻った。

すると、それに気付いたクラスのみんなが一斉にこちらへ集まってくる。

「全然知らなかったけど、おめでとう！」

「いや、もう三枝さんが弁当を持ってきている時点で、薄々分かってたろ」

「それな！　三枝さん、一条にだけは全然態度違ったもんな！」

「何はともあれ、ここはおめでとうだろ！」

クラスのみんなが、そう言って口々に祝福の言葉を述べてくれた。

そんな様子に、隣の孝之も俺の肩をポンと叩き「今日のヒーローはお前だ、卓也」と悪戯っぽく笑いかけてきた。

「おめでとう、卓也」

「やったじゃん一条」

遅れて俺達の元へとやってきたのは、健吾と三木谷さん。

二人も、俺達のことを笑って祝福してくれた。

この二人とは、今回の文化祭をキッカケに仲良くなることができた、今では大事なクラスメイトであり友達だ。

色々あったけれど、今ではこうして祝福してくれている健吾に、思い返せば色々と世話になりっぱなしだった三木谷さん。

そんな二人に対して、俺はちょっと小っ恥ずかしくなりながらも、一言だけ「ありがとう」と返事をする。

そんな俺の足らなすぎる言葉にも、二人は微笑んで応えてくれた。

何はともあれ、こうして色々あった文化祭も無事に終えることができた。

準備を含め本当に色々あったけれど、終わってみればそのどれもが良い思い出だ。

そんな充実感を抱きながら、あとは教室のあと片付けをしながら、しーちゃんの帰りを待つ。

今はただ、少しでも早くしーちゃんに会いたいと思いながら――。

教室のあと片付けがほとんど終わった頃、教室の扉が開かれる。

振り向くとそこには、まだメイド服を着たままのしーちゃんの姿があった。

「……あ、その、あと片付け手伝えなくてごめんなさい」

体育館での出来事が恥ずかしいのか、はたまた片付けに参加できなかったことを悪いと思っているのか、申し訳なさそうに謝るしーちゃん。

しかし、クラスのみんなはそんなこと気にしない。

ずっと帰りを待っていた今日の立役が戻ってきたことで、みんな一斉に大騒ぎとなる。

「片付けなんかいいさ、三枝さんのおかげで文化祭は大盛況だったんだからさ！」

「そうよ、もし文句言う人がいたら、わたしが許さないからっ！」

「てかさ、やっぱり羨ましいなぁ～くしょー！」

俺の時と同じように、クラスのみんなに囲まれるしーちゃん。

そんなクラスメイト達からの言葉に、しーちゃんはいつものアイドルモードで微笑んで対応しようとするが、今は体育館でのこともあり恥ずかしがっているのが分かった。

それは俺も同じで、みんなの輪には加わらず、一人離れたところからその様子を見守っていたのだけれど、不意にしーちゃんとしっかりと目と目が合う。

こうして一度合った視線は、もうお互い外れることはなかった。

そんな様子に、クラスのみんなも空気を読むようにすっと引いてくれたことで、俺としーちゃんの間を妨げるものは何もなくなる。


「あ、その、たっくん……」

「しーちゃん……」


恥ずかしさを感じながら、お互いの名前を呼び合う。

そして、しーちゃんはこちらに向かってゆっくりと近付いてくると、俺の目の前で立ち止まる。


「あ、ありがとね……」

「いや、こちらこそ……」


お互い何て声をかければ良いのか分からず、ぎこちなく言葉を交わす。

クラスのみんなが見ていることもあり、余計に緊張してしまっている自分がいた。

でもここで、もう一度みんなの前で俺達の関係をはっきりさせることこそ、しーちゃんの望んだ形となるのだ。

そう思った俺は、もう成るようになれと覚悟を決めて、しーちゃんの手を取った。

「これからも、その……こんな俺だけど、よろしくお願いします」

ぎゅっと手を握りながら、俺はしーちゃんへ改めて自分の気持ちを伝える。

するとしーちゃんも、握る俺の手を両手で優しく包み込んでくれる。

そしてその顔を上げると、俺の顔を真っすぐ見つめながらふんわりと微笑む。

「はい、こちらこそよろしくお願いします。……ずっとあなたの隣に、いさせて下さいね」

その言葉に、俺も微笑みながら頷く。

もう何があろうと、必ずしーちゃんの隣に居続けようという強い覚悟とともに。

「おーい！　もうやめろやめろー！」

「甘い……甘すぎる……というか羨ましすぎる……！」

「やめて、わたし達のライフはもうゼロよ！」

「え、じゃあ俺と付き合っちゃう？」

「いや、それは普通に無理」

するど、黙って見守ってくれていたクラスのみんなが、もう限界だと茶化すように騒ぎ出す。

そのおかげで、教室内の空気も笑いとともに和らいでいく。

孝之や健吾、それから清水さんと三木谷さんも、やれやれと呆れるように俺達のことを見ながら微笑んでくれていた。

これでついに、自他ともに認めるバカップルになっちゃったかなと思いながら、俺はもう一度しーちゃんと見つめ合う。

「あはは、これでもう、みんなにバレちゃったね」

「うん、でももう大丈夫だよ。それよりもわたしは、もっとたっくんと一緒にいたいって思うから」

そうだねと、微笑み合う俺達。

そしてしーちゃんは、もう周囲を気にしなくていいことを喜ぶように、さっそく嬉しそ

うに俺の隣へピッタリとくっ付いてきた。

そんな俺達を見たクラスの男子達が「ちくしょー！　俺のしおりんがぁー！」とおどけてみんなを笑わせてくれたことで、最後はクラスみんなで笑い合いながら、今日の文化祭を無事に終えることができたのであった。

エピローグ

文化祭が終わった。

今日は孝之達も部活は休みのため、帰りは一緒に帰ることもできたのだが、孝之から「今日は二人で帰ったらどうだ？」と言って貰えたから、今はしーちゃんと二人きりで帰り道を歩いている。

外は既に日も沈みかけており、空には綺麗な夕焼け空が広がっている。

隣を歩くしーちゃんの横顔が、そんな夕陽の陽射しに照らされて、キラキラと輝いているようだった。

今日一日、無事に全てをやり切ったことに満足するようなその横顔。

微笑みとともに眩しく見えるのは、きっと夕陽の陽射しのせいだけではないだろう。

今日しーちゃんは、みんなの前で自分の気持ちを伝えてくれた。

それはまさしく、しーちゃんの覚悟と決意だった。

自分達の関係が公になるリスクよりも、俺との関係を大切に思ってくれているからこその告白。

それは時間が経過していくとともに、俺の中で喜びに変わっていく。

これまでずっと、下校時間は並んで歩くだけだった。

けれど今は、誰の目も気にせず手と手を繋ぎながら一緒に帰り道を歩いている。

そんなぎゅっと繋がれたしーちゃんの手からは、強い気持ちが伝わってくるようだった。

だから俺も、その手が離れないようにぎゅっと握り返す。

これからもこうして、二人で手を繋ぎ合いながら、いつまでも一緒に歩んで行けるようにと願いながら。

「あ、そうだ。今日あかりん達が来るの、たっくん知ってたんでしょ？」

「ああ……うん、ごめん。あかりんから、サプライズだから秘密にしておいてって言われてたから」

「もう、あかりんったら。たしかに驚いちゃったから、あかりんの企みは大成功だったわけだけどね」

そう言って、少し呆れるように笑みを浮かべるしーちゃん。

どうやら秘密にしていたことを怒っているわけではなさそうで、俺はほっと胸を撫で下ろす。

公開告白を受けたその日のうちに、またしーちゃんとすれ違うなんて絶対にごめんだったから。

「でもさ、どうやってうちの高校の文化祭に、こんなピンポイントで予定を合わせられたのかって思わない？」

「あー、うん。正直俺も、そのことはちょっと気になってたんだ。あかりんは『奥の手』って言ってたけど……」

しーちゃんの言葉に、俺は頷く。

あかりん達エンジェルガールズのみんなが、どうやってうちの高校の文化祭へ来ることができたのか。

文化祭実行委員の人が番組に応募したからというのは分かるが、元々あかりんはこの文化祭へ来るつもりだったのだから、何て言うか順序が逆なのだ。

そんな疑問を抱いていると、しーちゃんはおかしそうに笑みを浮かべる。

「奥の手……ふふ、そうだね、本当ビックリしちゃうんだけどね」

そう前置きをして、しーちゃんは今日エンジェルガールズのみんなが、どうしてうちの文化祭へ来られたのかを教えてくれた。

どうやらあかりんは、『あらゆるコネを使って、文化祭実行委員に応募をさせてきた』

らしい。

コネってどんなと思ったが、どうやら番組プロデューサーさんの親戚が偶然この町に住んでおり、そしてたまたまその親戚の娘さんがうちの高校に通っているというのだ。

そのことは、プロデューサーさんとの日常会話の中で元々知っていたらしい。

ある日の会話の中で、あかりんはプロデューサーさんから親戚の娘さんが、偶然しーちゃんと同じ高校に通っているという話を聞かされていたのだそうだ。

だから、まずはプロデューサーさんを説得して今回の企画を呑んで貰い、あとはプロデューサーさん経由で親戚の娘さんをけしかけて貰ったのだそうだ。

その結果、親戚の娘さんから文化祭実行委員へ良い話があると情報が渡り、無事今日のサプライズゲストで登場することができたのだそうだ。

そんな、思ったよりもずっと遠回りで、文字通り奥の手過ぎたその手段に、俺も一緒に笑ってしまう。

それでも、あかりんがそうまでしてキッカケを作って、今日の文化祭へ来ようとしてくれていたことが純粋に嬉しかった。

「今回はたまたま上手くいったけど、もしプロデューサーさんの親戚がいなかったり、その娘さんが文化祭実行委員と繋がりがなかったらどうするつもりだったの？　って聞いてみたんだ。そしたら、あかりんは何て答えたと思う？」

「何だろ？　何て答えたの？」

「あのね、『その時はもう、番組の最後で募集もかけてたから、あとは全力で神頼みね』だって。それでもあかりんは自信満々でね、仮にそうなったとしても、あかりん達は今日必ず文化祭に来たんだろうなぁって思ったら、笑えてきちゃったよ」

思い出し笑いをするように、楽しそうに話すしーちゃん。

そんなしーちゃんの話に、俺も一緒に笑ってしまう。

最終的には神頼みというのは、随分と運任せだなとは思うが、それでもしーちゃんの言う通り、あかりん達なら必ず今日の文化祭に来てくれたような気がする。

それは、元々番組が人気番組であるからというのも大きいが、それ以上にあかりんが言うと謎の説得力があるのだ。

もしかしたら、それこそがスター性ってやつなのかもしれない。

そんなわけで、何故エンジェルガールズが今日の文化祭へ来られたのかについても、これでスッキリしたのであった。

そんな会話を楽しみながら歩いていると、あっという間に駅の近くまでやってきていた。

もう少し歩けば、楽しかった一日も終わりがやってきてしまう。

でも俺は、まだこの幸せな時間を終わらせたくはなかった。

それはきっと、しーちゃんも同じ気持ちなのだろう、二人の歩幅は自然とゆっくり狭まっていく。

「……ねぇたっくん、今日はもう少しだけ、一緒にいてもいいかな？」

「うん。俺も今、同じこと言おうと思ってた」

しーちゃんからのお願いは、俺の言おうと思っていたことと全く同じだった。

二人とも同じ気持ちだったことに、しーちゃんは嬉しそうに微笑む――、

「じゃあ、えいっ！」

そしてしーちゃんは、勢いよく俺の腕に抱きついてくる。

そんな抱きつくしーちゃんとともに、俺達はいつものベンチへと腰掛けると、お互いにまだ話し足りなかった今日の思い出話に花を咲かせた。

そして、不意に生まれた間を埋め合うように、俺達は関係を公にしてから初めてのキスを交わした。

お互いの繋がりを確かめ合うように、いつもより長い時間をかけて重なり合う唇。

垂れ落ちてくるしーちゃんの髪が、俺の頬を優しく擽《くすぐ》る。

こうして繋がり合えている幸せに胸がいっぱいになりながら、そっと唇を離すとそのまま見つめ合う。

「たっくん、大好きだよ」

「うん。俺も、しーちゃんのことが大好きだよ」

そんな改まった言葉がおかしくて、二人同時に笑い合う。

これからも、きっと俺達の前には色々なことが待ち受けているだろう。

それでも俺は、この特別で、何より大切な彼女のことだけは、何があっても絶対に幸せにしてみせる。

そう強く胸に誓いながら、俺達はもう一度気持ちを確かめ合うように、優しくキスを交わすのであった。

書き下ろしSS①　大切に思える相手

「仲良く出て行ったな」

「そうね」

クラスの輪を抜け出して、紫音ちゃんと一条くんは教室から出て行く。

そんな二人の後ろ姿を、わたしは孝くんと一緒に見送る。

この文化祭、クラスの出し物であるメイド喫茶は終始大好評で、予定より大分早く完売を迎えることができた。

だから今からは、完全に自由時間。

「そんじゃ、俺達も行くか」

孝くんが、わたしの手を取って微笑みかけてくれる。

だからわたしも、そんな孝くんに微笑みながら頷く。

紫音ちゃん達みたいに、わたし達もこの文化祭を一緒に楽しもうと。

「時間はまだあるけどさ、どうする?」

「どうするって？」

「そりゃ、服装のことに決まってるだろ？　着替えてくるか？」

厨房担当だった孝くんは、普通に制服を着ている。

対してわたしはというと、接客担当だったからメイド服姿のまま。

いつものわたしだったら、こんな服装で学校をうろつくなんて絶対にあり得ないだろう。

それでもわたしは、孝くんの言葉に対して首を横に振る。

だって、分かっているから。

孝くんが、今のわたしの格好を気に入ってくれているということを――。

すると、そんなわたしの反応が意外だったのか、孝くんは目を丸くして驚いていた。

「な、なに？」

「いや、なんでもない！　じゃ、行くか！」

少し頬を赤らめながら、そう言って孝くんはわたしを連れて歩き出す。

そんな反応も可愛くて、やっぱり大好きだなという気持ちが溢れてくる。

教室を出ると、孝くんはわたしの歩幅に合わせて隣を歩いてくれている。

そんなさりげない孝くんの優しさが嬉しくて、わたしは幸せで満たされていく。

「なぁ桜子、行きたいところとかあるか？」

「え？　ううん、特にはないかな」

「そうか、じゃあ俺に一つ提案があるんだけどさ」

そう言って孝くんは、子供のような笑みを向けてくる。

「俺達もさ、卓也達と同じところ回らないか？」

「それ、二人にちょっと悪くない？」

「大丈夫だって、行こうぜ！」

繋ぎ合う手をぎゅっと握り、孝くんは笑う。

まぁ、バレない程度ならいいかなと思ったわたしも、仕方ないなと笑って頷く。

それに正直、わたしも面白そうだと思ってしまったのだ。

二人でいる時も、気付けば紫音ちゃんと一条くんの話をしているぐらい、わたし達はあの二人のことを応援したいと思っている。

だからこそ、この文化祭で二人がどんな風に過ごすのか、気にならないと言ったらそれは嘘になる。

こうしてわたし達は、紫音ちゃん達と同じルートをこっそり楽しませて貰うことにしたのであった。

◇

「お化け屋敷だな……」

「お化け屋敷ね……」

確かに今、紫音ちゃんと一条くんはこのお化け屋敷の中へと入っていった。

お化け屋敷は一組交代とのことなので、わたし達は外で待つしかなかった。

お化け屋敷で思い出されるのは、夏休みに一緒に行った遊園地。

先に入ったわたし達に遅れて、出口から慌てて駆け出してきた紫音ちゃん達。

わたしも相当怖がっていたと思うけれど、あの時の紫音ちゃんの慌てっぷりはわたしの比ではなかったと思う。

そんな紫音ちゃんが、どうしてまたお化け屋敷に……？

まぁ、ここはあの時の本格的なお化け屋敷とは異なり、言ってしまえばただの学生によるハンドメイド。

それであれば、そこまで身構える必要も――、

「キャー！」

すると突然、中から聞こえてくる叫び声。

驚いて振り向くと、丁度出口から紫音ちゃん達が慌てて飛び出してきた。

紫音ちゃんはすっかり疲弊している様子で、プルプルと震えながら一条くんにもたれかかっている。

「な、中に一体何が……？」

「ははは、桜子も入ってみるよな？」

怖気づくわたしを見て、孝くんは悪戯に微笑む。

「は、入らない！」

「まぁまぁ、そう言わずに」

「あ、ほら！　紫音ちゃん達行っちゃうよ？」

そう言ってわたしは、孝くんの手を取り引っ張る。

ここで紫音ちゃん達を見失ってしまうわけにもいかないため、孝くんも諦めてお化け屋敷をスルーしてくれた。

わたしはほっと胸を撫で下ろしながら、孝くんと二人で出口のところを横切る。

すると出口のところから、何やら舌打ちみたいな音が聞こえてきた気がしたのだけれど、きっと気のせいだろう。

次はどこに行くのだろうと思いながら、引き続き紫音ちゃん達にバレないように十分な距離を保ちながら後ろを歩く。

こうして後ろから見ていると、周囲の人達はみんな紫音ちゃんのことを見ているのが分かって、さすがは紫音ちゃんだなって感じだった。

普段わたしは、紫音ちゃんといるのが当たり前だと思っているし、何ならクラスの女子の中でも、一緒にいて一番安心できる存在だとも思っている。

改めて思えば、紫音ちゃんに対してそんなことを思っているわたしは、もしかしたら大物なのかもしれない。

それでも、わたしにとって紫音ちゃんは大切な親友。

だから、たとえ紫音ちゃんがアイドルに戻ったとしても、わたしは紫音ちゃんの友達だって胸を張って言える。

「完全に、注目の的だな」

隣で孝くんが、校庭に並ぶ屋台の前で、ちょっとした人だかりを作っている紫音ちゃん達を見ながら笑う。

「そうだね」

「しかし残念だな、こっちでも美少女がメイド服を着てるんだけどな」

そう言って、孝くんは呆れるように笑う。

こっちでもとは、もしかしなくてもわたしのことを言ってくれているのだろう。

すっかり忘れていたけれど、わたしも目立つ格好をしていたことを思い出す。

「わたしと紫音ちゃんじゃ、全然違うよ」

「そうかぁ？　まぁ、三枝さんも凄い美少女だとは思うけどさ、俺にとっての一番は桜子だぜ？」

あまりにもナチュラルに語られたその言葉に、わたしは一気に顔が熱くなっていくのを感じる——。

「桜子、顔真っ赤だぞ？」

「う、うるさいっ！」

恥ずかしさを堪えつつ、わたしは孝くんの逞しい二の腕をポカポカと叩く。

そんなわたしのことを、孝くんは笑って受け止めてくれている。

こんな風に、孝くんはいつだってわたしのことを受け止めてくれることが分かっているから、わたしもこうして素直でいられるのだ。

「あ、二人とも行っちゃうぞ」

「え？」

抗議に夢中だったわたしは、言われて紫音ちゃん達の方を振り向く。

すると二人とも、何かを購入して人気の少ない方に向かって歩いていた。

きっとこれから、二人で今買ったものを一緒に食べるのだろう。

「まぁ、これ以上ついていくのも悪い感じだな……」

「そうね……」

楽しそうに並んで歩く二人を見送りながら、わたし達はここで尾行をするのをやめることにした。

「よし！　じゃあ俺達も何か買ってこようぜ！　腹減ったわ！」

目的を切り替えた孝くんが、そう言ってわたしの手を取る。

「じゃあわたし、焼きそばがいいな」

「お、奇遇だな！　俺も焼きそばが食べたいって思ってたところだ」

こういうところで、気の合うわたし達。

そうと決まれば、さっそく一緒に焼きそばの出店へ向かうことにした。

すると、紫音ちゃんほどではないけれど周囲の注目を集めてしまった結果、出店をやっている先輩から焼きそばを一つサービスして貰えたのであった。

校舎脇のコンクリートの上に座って、孝くんと二人で焼きそばを食べる。

外は少しだけ肌寒かったものの、ここはお日様の暖かい陽射しが差し込んできて心地よかった。

「文化祭って感じがして、何だか楽しいな」

「うん、そうだね」

学校中が賑わっているけれど、ここだけはぽっかりと周囲から切り離されているようだった。

賑わっているのも楽しいけれど、孝くんと二人きりで過ごすのはやっぱり落ち着く。

「まぁまだ、出し物は何も回れてないんだけどな。今からでも回ってくるか？」

「ううん、楽しんでるし大丈夫だよ」

「そうか」

安心するように微笑む孝くんに、わたしも微笑み返す。

たしかに出店以外どこも行けていないけれど、それでもこうして孝くんと一緒にいられるだけでわたしは楽しいから。

それにこの文化祭だって、このあとはきっとエンジェルガールズのみんなを見ることができるのだ。

こんな普通の高校に、国民的アイドルのみんなが駆けつけて来てくれている。

それはこの学校に、紫音ちゃんがいてくれているから起きていること。

わたしは紫音ちゃんから、普通では絶対に経験できないような特別なことも含め、沢山のものを貰っている。

代わりにわたしは、紫音ちゃんに何か与えられているだろうか……分からない。

それでも、わたしの大好きという気持ちだけは、きっと紫音ちゃんにも届いているはずだ。

こうして孝くんと一緒にいられるのだって、紫音ちゃん達がいてくれるおかげだから――。

「体育館に行けば、先輩達のお笑い劇が見られるらしいぜ」

焼きそばを食べ終えると、一度大きく伸びをしながら笑みを浮かべる孝くん。

こんな風に、自然に微笑む孝くんを傍で見ていられるのはわたしだけ――。

そんな優越感みたいなものを感じながら、わたしも何だか楽しくなってつい笑みが零れてしまう。

「ん？　なんか変だったか？」

「ううん、何でもないよ！　それじゃ、体育館に行きましょ！」

笑うわたしを見て、孝くんは首を傾げる。

そんな反応も可愛くて、愛おしくて、やっぱりわたしは自然と笑みが零れてしまいながらも、孝くんの手を取り立ち上がるのであった。

◇

体育館へ入ると、並べられたパイプ椅子の最後尾に紫音ちゃん達の姿があった。

これだけ大勢の人がいても、一目でそこにいることが分かってしまう辺り、さすがは紫音ちゃんだった。

こうして紫音ちゃん達と合流したわたし達は、それから一緒に劇やバンド演奏を楽しむことができた。

体育館へ集まった人達の中には、わたし達と同じく出し物の衣装のままやってきている人も沢山いて、今日はお祭りなのだということが実感できる。

そしてこの文化祭、最後のシークレットゲストの番が回ってくる——。

ステージ上に飛び出してきたのは、今日わたし達のメイド喫茶にも遊びに来てくれた、エンジェルガールズのみんなだった。

一気に大盛り上がりとなる会場に応える、ステージの上で光り輝くアイドルの姿。

この文化祭の締め括りに、最高のサプライズが待っていた。

すぐ近くにいるけれど、彼女達はとても遠い存在。

つい一年前には、そんな彼女達の中に紫音ちゃんもいたんだ――。

そんな思いを抱きながら、わたしは隣を向く。

そこには、ステージの下で一緒に彼女達を見上げる紫音ちゃんの姿。

全ては、紫音ちゃんが自ら選んだこと。

だからわたしも、これからも変わらず紫音ちゃんの友達として傍にいたいと思う。

でももし、紫音ちゃんがアイドルに戻りたいと言ったら、その時わたしはどうするだろうか……。

そんな、答えの出ない感情と向き合いながら、わたしは再びステージの上を見つめるのであった。

エンジェルガールズのみんなのステージが終わった。

しっかり盛り上げてくれたおかげで、会場は今日一番の盛り上がりを見せている。

隣の孝くんも、それはもう楽しそうな笑みを浮かべながら、ステージに釘付けになっている。

それぐらい、本当にエンジェルガールズのステージは素晴らしかった。

そして紫音ちゃんはというと、同じくステージの方を見上げているけれど、何かを決心しているようにも見えた。

彼女達を見て、紫音ちゃんは今何を思っているのだろう――。

気になるものの、今は声をかけることはできなかった。

そして、一度ステージ裏に下がっていったエンジェルガールズのみんなが、再びステージへと戻ってくる。

「今からは、テレビ収録なしの完全プライベートってことで――来なさい！　しおりん！」

それは、エンジェルガールズのみんなから紫音ちゃんへ向けられたお誘いの言葉――。

驚いたわたしは、咄嗟に隣の紫音ちゃんの方を振り向く。

「やっぱり、こうなるかぁー」

紫音ちゃん自身も、こうなることは分かっていたのだろう。

呆れるように、そうぽつりと呟く。

「ど、どうする？　大丈夫？」

「うん、ありがとうたっくん。わたしも丁度、みんなに言わないといけないことがあるから行ってくるね！　――だから、たっくんはその、これからわたしが勝手なことを言うかもしれないけど、ちゃんとここで聞いていて欲しいな」

一条くんの言葉に、紫音ちゃんけしっかりと返事をする。

その言葉から、やはり紫音ちゃんには覚悟とともに何か考えがあるようだった。

これから紫音ちゃんが何を言おうとしているのかは分からないけれど、紫音ちゃんが何を言ったとしても、わたしは紫音ちゃんのことを応援したいと思う。

それがたとえ、アイドルに戻るという宣言であったとしても――。

わたしはわたしで、そんな覚悟を胸に抱きつつ、ステージへ向かう紫音ちゃんの背中を見送ることしかできないのであった――。

紫音ちゃんの加わった、本来のエンジェルガールズ。

いつもテレビで観ていた、わたしもよく知る憧れの五人組。

四人でも十分なのだけれど、それでもやっぱりそこに紫音ちゃんが加わることで完成されていると感じてしまう。

こうして、エンジェルガールズの五人で一緒に歌うステージは、この会場に集まった全員を釘付けにする。

このステージを見て、きっとみんな同じことを思っているだろう。

やっぱり紫音ちゃんは、アイドルに戻るべきだろうと――。

そして、一曲歌い終えたところで紫音ちゃんが一歩前へ出る。

「この場を借りて、みなさんに伝えたいことがあります」

覚悟の籠められたその言葉に、わたしも覚悟を決める。

もしかしたら、これで紫音ちゃんがまた遠い存在になってしまうかもしれない。

それでもわたしは、これから紫音ちゃんが何をみんなに伝えようと、全てを受け止めようと思いながら――。

しかし、続けて紫音ちゃんの口から語られた言葉は、わたしの予想とは全く異なるものだった。

「――わたしは、一条卓也くんのことが好きですっ！　好きで好きで、ほんっとうに大好きなんですっ!!　だからもう、周りを気にしないで普通の女の子として、一緒に過ごしていたいんですっ!!」

これまでずっと溜め込んできた気持ちを全て吐き出すように、紫音ちゃんは全校生徒の前で告白をしたのであった。

それこそが、紫音ちゃんの抱いていた覚悟の正体だった。

「俺も！　俺も三枝紫音さんのことが、大好きです!!」

そして、一条くんも告白に対して返事をしたことによって、晴れて二人の関係は全校生徒が知ることとなる。

どうなるか不安が過ったものの、みんなの反応は温かいものだった。

二人を祝福するように、会場中から拍手が沸き起こる。

「男になったな、卓也」

嬉しそうに目尻に涙を溜めながら、孝くんが一条くんと肩を組む。

「二人とも、おめでとう」

そしてわたしも、嬉しさと安堵感でいっぱいになりながら二人を祝福する。

こうしてこの文化祭、最後は紫音ちゃんからの驚きの告白とともに幕を閉じたのであった。

◇

孝くんと二人で、夕焼けに染まる帰り道を歩く。

今日は孝くんの提案で、紫音ちゃん達を二人きりにしてあげようということで、今はわたし達も二人きり。

「良かったな、二人とも」

今日のことを思い出すように、孝くんが微笑む。

「うん、そうだね」

だからわたしも、頷きながら孝くんに微笑み返す。

これで紫音ちゃんと一条くんも、堂々と彼氏彼女でいられるだろう。

そう思えることが、わたしは自分のことのように嬉しかった。

「なんだ、そんなに嬉しいか？」

「え？　顔に出てた？」

「おう、思いっきりな」

面白そうに笑いかけてくる孝くん。

どうやら嬉しい気持ちが、顔に出てしまっていたようだ。

「だって、今こうして孝くんといられるのも、あの二人のおかげだから」

「……まぁ、そうだな」

わたしの言葉に、孝くんも頷く。

こうして孝くんと一緒にいられるのは、紫音ちゃんと一条くんがいてくれたからなのは間違いない。

だってわたしは、みんなと知り合うまでずっと自分の殻の中に閉じこもっていたから――。

中学時代、わたしは周囲から『孤高のお姫様』と呼ばれていたことを知っている。

誰が言い出したのかは分からないが、別にわたしは孤高でありたかったわけではなかった。

求めていないのに周囲から注目を浴び、怖いのに一方的に気持ちを伝えられる。

そんな毎日が、わたしを歪《いびつ》な方向に変えていったのだ。

誰もわたしのことなんて分かってくれない……だからわたしは、自分の殻に閉じこもるしかなくなっていた。

そんな拗《こじ》らせてしまっていたわたしを変えてくれたのは、紫音ちゃんや一条くん、そして孝くんだった。

みんなが自然に接してくれるから、わたしも自然でいられる。

そんな喜びを抱きながら、わたしは孝くんの腕に抱き付く。

「うぉ？　いきなりだな」

「そうだよ、駄目？」

「駄目じゃないけどさ」

やれやれと笑う孝くん。

そんな孝くんの腕に、わたしは更にぎゅっと抱きつく。

こんな風に、素直に気持ちのまま振舞うことができる喜びを感じながら。

「歩き辛くないか？」

「転びそうになったら、孝くんが支えてね」

「はいよ、畏まりましたお姫様」

「お姫様？」

「ん？　ああ、今日卓也達が接客でやってたろ？」

それを言うなら、お姫様ではなくお嬢様だ。

でもきっと、孝くんも承知のうえでわたしのことをお姫様と言ってくれているのは分かっている。

だからわたしも、「ありがとね」と笑って答える。

かつては『孤高のお姫様』と呼ばれていたわたしだけれど、今ではこんなにも素敵で大切な、わたしだけの王子様が傍にいてくれる喜びを抱きながら。

書き下ろしSS②　当たり前であること

ある日の休日。

今日はバイトも休みの俺は、自分の部屋で読書をしながらマッタリと過ごしている。

外は天気も良く、絶好のお出かけ日和と言えなくもないが、今日はこうして家でのんびり過ごすことにしている。

何故かと言えば、それは俺の意思というよりも、今一緒にいるもう一人がのんびりしたいと言うからだった。

「ねぇたっくん、この漫画も面白いね」

そう、それは俺の部屋で一緒に、部屋着姿でくつろいでいるしーちゃんによる希望。

部屋にあるクッションを上手に組み合わせながら、すぐ隣でくっ付くように一緒に漫画を楽しむしーちゃん。

これが一人ならば、こういう天気の良い日は出かけないと損な気がしてしまうのだが、大好きな彼女が一緒というだけで、何もしなくても心は幸せでいっぱいだった。

元国民的アイドルで、同年代ならばきっと誰しもが憧れたことのある美少女。

俺もそれに違《たが》わず、いつもテレビ越しに眺めていた憧れの存在。

そんなアイドルが、今では当たり前のように隣にいて、熱心に漫画を読んでいるのである。

この現実離れしたような、不思議な感覚というのは、きっとこれからも慣れることなんてないだろう。

ちなみにしーちゃんはというと、これまであまり漫画とは触れ合ってはこなかったのだそうだ。

だから今、しーちゃんの中では絶賛漫画ブームが巻き起こっている。

下校している時も一緒に書店へ立ち寄ることが増えており、何か面白そうな漫画を所謂ジャケ買いして楽しむというのが、ここ最近の楽しみになっている。

そうして買った漫画を俺にも貸してくれるのだが、どれもハズレがないからしーちゃんの面白いものを見つける嗅覚は本物だった。

ちなみにしーちゃん的には、ラブコメ作品が特にお気に入りなのだそうだ。

主人公目線で進む恋愛模様が、女性であるしーちゃんからしたら物珍しくてハマっているらしい。

しかし何というか、ヒロインが学校一の美少女という題材の漫画を、実際に学校一の美少女であるしーちゃんが読んでいるというのは、ちょっと面白くもあった。

「あ、このシーンいいなぁ可愛い」

そんな感想を時おり口にしながら、ルンルンと漫画を読み進めるしーちゃん。

それだけ楽しそうに読みふけっているのだから、しーちゃんにとって今の時間は最高にリラックスできているのだろう。

しかし、もし今の状況を第三者視点で見たら、これもきっとラブコメなんじゃないかなと思うと少し笑えてくる。

しーちゃんがラブコメのヒロインならば、出会った当初から現在に至るまで、挙動不審な行動含め色々とヒロイン要素が強いんじゃないか？　と思えてきて、しーちゃんには悪いけれどやっぱりちょっとおかしかった。

「それ、そんなに面白いの？」

クスクスと笑う俺を見て、しーちゃんはワクワクとした感じで聞いてくる。

「ああ、うん。面白いよ」

「じゃ、次はわたしにも読ませてね！」

「分かったよ」

ワクワクと喜ぶしーちゃん。

だが生憎、俺が今読んでいるのはダークファンタジー作品で、正直笑えるようなシーンはほとんどないのだが、まぁ面白いのに違いはないから大丈夫だろう。

そんなわけで、しーちゃんの漫画ブームはこれからもまだ続きそうなのであった。

◇

俺の部屋で一緒にいるしーちゃんだが、実は昨日からうちに泊まりにきている。

だから今は、持ってきた上下モコモコとした可愛らしい部屋着を着ており、他の誰にも見せることのないこのオフな姿は、この世界で俺だけが拝むことを許されているのである。

「ちょっと、読むのも疲れてきちゃった」

暫く漫画を読んでいたしーちゃんは、そう言って一度大きく伸びをすると、それから甘えるように自分の頭を俺の肩に預けてくる。

そしてスリスリと、構って欲しそうに自分の頭を擦り付けてくるのであった。

だから俺も、同じく疲れてきたから漫画を読むのをやめて、そんなしーちゃんの肩を優しく抱き寄せる。

こうして二人寄り添ったまま、カーテンの隙間から差し込む陽射しを浴びながら、何をするわけでもなく一緒にいられる幸せを噛みしめ合う。

好きな人が、こうして傍にいてくれる幸せ。

それは決して他のことでは得ることができない、特別で温かいもの。

隣で幸せそうに微笑んでいるしーちゃんを見ているだけで、このままずっとこうしていられればいいなと、つい願ってしまうのであった。

「ねぇたっくん。わたしね、時々不安になるんだ」

「不安？」

「――うん、こんなに幸せでいいのかなぁーって」

「いいんじゃない？　ずっとアイドルとして頑張ってきたんだし、みんなを幸せにしてきた分、今度はしーちゃんが幸せになる番なんだよ」

「いいのかな」

「もちろん」

そう言って俺は、更にしーちゃんを抱き寄せると、二人の顔は自然と近付き、そのまま二人で見つめ合う。

そして俺は、そのぷっくりと潤った可愛い唇に、そっと優しくキスをする――。

「……ありがとう」

頬を赤らめながら、ふんわりと微笑むしーちゃん。

もし、あのままアイドルを続けていたならば、休日のこんな昼下がり、こうしてゆっくりと過ごすことなんてきっとなかっただろう。

それでもしーちゃんは今ここにいて、こうして俺の隣で微笑んでくれているのだ。

そんな当たり前のようで当たり前じゃない幸せに、俺は感謝するとともに、愛おしい気持ちでいっぱいになってしまう。

「幸せだなぁ……」

「幸せだねぇ……」

「もう、たっくん大好き！」

溢れ出る感情に身を任すように、そのまま両手を伸ばして抱きついてくるしーちゃん。

そしてまた、俺の胸元にマーキングするように頬をスリスリと擦り付けてくる。

だから俺も、そんなしーちゃんのことを優しく抱きしめ返す。

髪から香る、フローラル系の甘い香り。そして、マシュマロのように柔らかいその肌の感触。

自分の腕の中で、大好きで大切な存在がちゃんと収まっているのだという実感が、喜びとして膨れ上がっていく。

「たっくん、温かい――」

「しーちゃんこそ――」

お互いの肌の温もりを感じつつ、俺達はそのままもう一度キスを交わした。

これが何度目のキスかなんて、もう分からない。

けれど、何度交わしてもきっと足りないぐらい、愛おしくて堪らないのであった――。

あとがき

どうも、三度目のこりんさんです。

有難い事に、今回で『クラスメイトの元アイドルが、とにかく挙動不審なんです。』（以下、クラきょど）も三巻を出すことが出来ました。

これも全て、ここまで『クラきょど』を楽しんでくださっている皆様のおかげです。

しかし、二巻発売からなんやかんやで一年以上経ってしまい、皆様を大変長らくお待たせしてしまい申し訳ございませんでした。

ただお待たせしてしまった分、今回はじっくりと時間をかけて作品の作り込みをさせていただきました！

どうでしょう？　楽しんでいただけましたでしょうか？

ヒロインの三枝さんは、元アイドルの超が付くほどの有名人。

けれど当の本人は、初めての自分の恋愛と向き合う一人の女の子なのですよね。

そんな彼女が、嫉妬や不安を抱きながらも自分の気持ちと向き合った今回の三巻。

個人的にも好きなシーンが沢山あるので、ここまで書籍として皆様にお届け出来たことに正直ほっとしている自分がいます。

当初はただ、周囲の誰もが憧れるような特別な女の子なのに、好きな相手の前でだけ挙動不審になってしまうヒロインがいたら、きっと面白いだろうなという閃きからスタートしました。

それでも物語が進むにつれて、主人公やヒロイン、そして周りの友人達は自然と変化していき、気付けば作者である私も彼らの恋愛模様を楽しみながら物語を綴っております。

よくキャラが勝手に動き出すとかいう話を目にする事がありますが、自分の場合もきっとそれなんだろうなって思います。

そんな『クラきょど』ですが、今回の三巻でついに卓也くんと三枝さんの関係は公となり、堂々とお付き合いできることとなりました。

つまり何が言いたいのかというと、ここからの『クラきょど』は更に甘くなります。

クラスメイトの元アイドルと、とにかく甘すぎるんです。

そんな甘さを伝えたい思いで、今回書き下ろしSSという形でちょっとだけ二人のイチャイチャを書かせていただきましたが、伝わりましたでしょうか？

お互いしっかりと向き合うようになった二人が、今後どう関係を深めていくのか。

それはある意味、ここからが『クラきょど』の本番とも言えます。

ですので、引き続き皆様に楽しんでいただくためにも、どうかこれからも一緒に『クラきょど』を盛り上げてくれたら嬉しいです！

Ｔｗｉｔｔｅｒなどで感想などを呟いていただける場合は、ハッシュタグ『#クラきょど』で呟いてくださいね！


そしてもう一つ！

今年の四月より、ついにクラきょどのコミカライズもスタートしております！

レーベルはKADOKAWAドラドラふらっとb様で、作画担当はとなりける先生です。

掲載サイトとしましては、ComicWalker様とニコニコ漫画様にて好評連載中です。

是非漫画でも、三枝さんの面白可愛い挙動不審をお楽しみくださいね！

漫画で読む『クラきょど』は挙動不審マシマシなので、原作者である自分も楽しみにしております！


というわけで、どうか世界が『クラきょど』色に染まりますように☆彡ファンレター、作品のご感想をお待ちしています!

【宛先】
〒104-0041
東京都中央区新富1-3-7　ヨドコウビル
株式会社マイクロマガジン社
GCN文庫編集部

こりんさん先生 係
kr木先生 係

【アンケートのお願い】

右の二次元バーコードまたは
URL (https://micromagazine.co.jp/me/) を
ご利用の上、本書に関するアンケートにご協力ください。
■スマートフォンにも対応しています(一部対応していない機種もあります)。
■サイトへのアクセス、登録・メール送信の際の通信費はご負担ください。

本書はWEBに掲載されていた物語を、加筆修正のうえ文庫化したものです。
この物語はフィクションであり、実在の人物、団体、地名などとは一切関係ありません。

GCN文庫

クラスメイトの元《もと》アイドルが、とにかく挙動《きょどう》不審《ふしん》なんです。③

2023年8月27日　初版発行

著者　こりんさん

イラスト　kr木《くろき》

発行人　子安喜美子

装丁　仲童舎株式会社
DTP／校閲　株式会社鷗来堂

印刷所　株式会社エデュプレス

発行　株式会社マイクロマガジン社
〒104-0041　東京都中央区新富1-3-7　ヨドコウビル
［販売部］TEL 03-3206-1641／FAX 03-3551-1208
［編集部］TEL 03-3551-9563／FAX 03-3551-9565
https://micromagazine.co.jp/

ISBN978-4-86716-460-0 C0193
©2023 Korin_san ©MICRO MAGAZINE 2023 Printed in Japan

定価はカバーに表示してあります。
乱丁、落丁本の場合は送料弊社負担にてお取り替えいたしますので、
販売営業部宛にお送りください。
本書の無断複製は、著作権法上の例外を除き、禁じられています。